ROBERT JAMES WALLER

Der Weg der Liebe

Buch

Nur wenige Liebesgeschichten in unserer Seele haften wie ein aus der Zeit genommener Augenblick. Die Geschichte von Robert Kincaid und Francesca Johnson ist eine davon. Sie lernten sich kennen, als sie beide nicht mehr ganz jung waren, aber mutig genug, den Panzer verschorfter Gefühle abzustoßen und sich auf eine aussichtslose Liebe einzulassen: Robert, der Fotograf und Weltenbummler, und Francesca, die bis zu ihrer Begegnung mit Robert eine nach landläufigen Maßstäben glückliche Ehe führte. Nur vier Tage und drei Nächte verbrachten sie miteinander – Tage und Nächte eines rauschhaften Glücks, einer Liebe, die alle Grenzen ihres bisherigen Lebens überschritt. Und doch wussten beide, dass Francesca ihren Mann und ihre Kinder nicht verlassen würde. Schweren Herzens machte sich Robert schließlich auf den Weg und setzte seine Reise an alle Enden der Welt fort.

Sechzehn Jahre später: Francesca lebt mittlerweile allein – ihre Kinder sind längst aus dem Haus, ihr Mann ist gestorben –, und doch wagt sie es nicht, Madison County und das Haus, in dem sie sich mit Robert traf, zu verlassen. Die Hoffnung, dass ihre große Liebe eines Tages den Weg zurück zu ihr finden würde, hindert sie daran. Und tatsächlich: In den letzten sechzehn Jahren ist kein Tag vergangen, an dem Robert nicht an Francesca dachte, und irgendwann beschließt er, noch einmal den Ort aufzusuchen, an dem ihre einzigartige Liebe begann: die Brücken von Madison County ...

Autor

Der Autor, Fotograf und Musiker Robert James Waller war Professor für Betriebswirtschaft, bevor er sich ganz dem Schreiben widmete. Sein erster Roman »Die Brücken am Fluss«, mit Meryl Streep und Clint Eastwood verfilmt, war ein sensationeller internationaler Bucherfolg. Auch sein zweites Buch »Die Liebenden von Cedar Bend« hat die Leser weltweit begeistert. Robert James Waller lebt heute in Texas.

Von Robert James Waller außerdem lieferbar

Die Brücken am Fluss. Roman (41498)
Die Liebenden von Cedar Bend. Roman (55263)

Robert James Waller

Der Weg der Liebe

Die Fortsetzung
des Weltbestsellers
»Die Brücken am Fluss«

Deutsch
von Bärbel und Velten Arnold

GOLDMANN

Die Originalausgabe erschien 2002 unter dem Titel
»A Thousand Contry Roads.
An Epilogue to *The Bridges of Madison County*«

Umwelthinweis:
Alle bedruckten Materialien dieses Buches
sind chlorfrei und umweltschonend.

Deutsche Erstveröffentlichung November 2002
Copyright © der Originalausgabe 2002
by Robert James Waller
Copyright © der deutschsprachigen Ausgabe 2002
by Wilhelm Goldmann Verlag, München,
in der Verlagsgruppe Random House GmbH
Umschlaggestaltung: Design Team München
Umschlagfoto: Photonica
Satz: IBV Satz- und Datentechnik GmbH, Berlin
Druck: Elsnerdruck, Berlin
Verlagsnummer: 45413
Redaktion: Viola Eigenberz
JE · Herstellung: Sebastian Strohmaier
Made in Germany
ISBN 3-442-45413-1
www.goldmann-verlag.de

1 3 5 7 9 10 8 6 4 2

*Noch einmal,
für die Wanderfalken,
die Fremden,
die letzten Cowboys.
Und für all die Leser,
die nach dem Rest der Geschichte gefragt haben.
Alles in allem ein Buch, in dem alles ein Ende nimmt.*

WORTE DER ANERKENNUNG

Ich danke Mike und Jean Hardy von Iron Mountain Press und John M. Hardy Publishing, Inc., für ihr Einverständnis, dieses Buch zu veröffentlichen, und insbesondere Jean für ihr gewissenhaftes Redigieren des Manuskripts. Viel Lob gebührt Linda Bow, die nicht nur eine frühe Version des Manuskripts gelesen und kommentiert hat, sondern auch für den Titel des Buches verantwortlich ist, nachdem mindestens fünfzig andere in Erwägung gezogen und wieder verworfen wurden. Ebenfalls zu Dank verpflichtet bin ich einigen meiner engsten Freunde, die frühe Versionen des Buches gelesen haben. Im Rahmen meiner Recherche bin ich zwar etliche Male in Big Sur gewesen, doch Arlene Hess, die in der Bibliothek von Carmel, Kalifornien, arbeitet, hat mir weitere Fragen über die Region beantwortet; darüber hinaus waren diesbezüglich die Big Sur Historical Society, die Henry Miller Library und die Handelskammer von Astoria, Oregon, von Hilfe. Ferner danke ich Linda Solomon für die Erlaubnis, das Foto von Jack, dem Border-Collie, und mir auf dem Schutzumschlag zu verwenden. Und schließlich danke ich meinem Agenten Aaron Priest für seinen Rat und seine anhaltende Toleranz, was meine idiosynkratischen Verhaltensweisen angeht.

ANMERKUNG DES AUTORS

Es gibt Lieder, die entsteigen dem Blau der Binsenlilien und dem Staub von Tausenden von Landstraßen. Das hier ist eines davon.

Mit diesen Worten habe ich eines meiner Bücher begonnen. Es hieß *Die Brücken am Fluss*. Aber in Wirklichkeit gab es zwei Geschichten. Manchmal müssen Geschichten eben warten, bis sie erzählt werden, weil sonst andere Dinge ins Hintertreffen geraten, die Vorrang haben. In all den Jahren haben mir viele Leser der *Brücken am Fluss* geschrieben, Männer und Frauen, Teenager beiderlei Geschlechts, Lastwagenfahrer und Hausfrauen, Anwälte und Piloten und sogar Arbeiter von einer Bohrinsel. Hunderte oder wohl eher Tausende von Briefen aus allen Winkeln der Welt, und alle mit wohlgemeinten Anregungen und guten Wünschen.

Viele Briefschreiber wollten mehr über Robert Kincaid und Francesca Johnson erfahren, über ihr Leben und vor allem darüber, wie es ihnen nach ihren vier gemeinsamen Tagen im Madison County, Iowa, ergangen ist. Ich hatte mich in der High Desert auf eine entlegene Farm zurückgezogen, wo ich ein ruhiges und zufriedenes Leben führte und mich wieder ganz meinen Studien der Wirtschaft und Mathematik sowie meiner Jazzgitarre widmete. Ich fühlte mich nie veranlasst, meine Recherche-Aufzeichnungen noch einmal hervorzuholen, und verspürte keinerlei Drang weiterzuschreiben. Warum, weiß ich selber nicht so genau, aber nach der Lektüre eines weiteren Briefes, dessen Schreiber wieder einmal um zusätzliche Information bat, habe ich mich schließlich irgendwann, irgendwo entschieden, auch den Rest der Geschichte zu erzählen.

Ich wundere mich immer wieder über die Natur des Zufalls, darüber, wie unmöglich Erscheinendes doch möglich werden kann. *Die Brücken am Fluss* ist ja nur eine kleine Geschichte, die ich relativ schnell aufgeschrieben habe, ursprünglich allenfalls gedacht als Geschenk für Freunde und Verwandte. Ein Buch, von dem ich nicht die geringste Hoffnung hatte, dass irgendein Verlag es bringen würde, und das ich auch gar nicht mit der Intention auf Veröffentlichung geschrieben habe, und inzwischen gibt es *Die Brücken am Fluss* in fünfunddreißig oder sogar noch mehr Sprachen. Ein Buch, das von einem Billigdrucker ausgeworfen wurde und das an meinem ratternden 286er Zenith-Computer auf einer Fünf-Dollar-Software entstanden ist.

Für alle, die mich darum gebeten haben, und auch

sonst für jeden, der wissen will, wie es weitergeht, ist hier nun also der Rest der Geschichte. Wer *Brücken am Fluss* nicht gelesen hat, dem mag dieses Buch allein vielleicht nicht viel sagen. Auf die, die *Brücken am Fluss* kennen, wartet manche Überraschung, unter anderem die unerwartete Freude, die Robert Kincaid spät in seinem Leben doch noch gefunden hat. Wie sich herausstellt, war der einsame Cowboy, der als Einzelgänger durch die Welt zieht, doch nicht so allein, wie er immer geglaubt hat.

ROBERT JAMES WALLER
High Desert, Texas
Del Norte Mountains
Silvester 2001

ERSTES KAPITEL

Robert Kincaid

*Also los, schwing das große Lasso noch einmal,
vielleicht nicht mehr so hoch und nicht mehr so
 kraftvoll,
wie du's früher konntest,
aber da ist immer noch
dieses Zischen
und das Gefühl
der kreisenden Schlinge
über dir
und die Sonne, die durch die Schlaufe fällt,
und auf dem Boden der springende Schatten
 des herumwirbelnden Seils,
während alles auf die letzten Dinge zuläuft,
auf das, was man noch einmal zurückholen
 möchte ...*

... auf das Unvermeidliche und den langen gewundenen Pfad, der dich aus dem Dunkel des dich wiegenden Bauches deiner Mutter hierhin geführt hat: Nebel über dem Puget Sound, und dienstagabends sitzt du in Shorty's Bar und lauschst Nighthawks Tenorsaxofon und dessen Interpretationen von »Autumn Leaves«.

So wie die Dinge stehen, ist das Ende deiner Tage in Sicht, und du bist immer noch allein. Allein mit dem Summen des Kühlschranks, der den Nachhall deiner Erinnerungen übertönt. Erinnerungen an die letzten Cowboys und all diese Dinge.

Alle, die dir den Weg ausgetreten haben, sind fort oder dabei zu verschwinden, deine Iris gibt allmählich den Geist auf, und die großen Meister des Dämmerlichts sind tot. Geblieben sind dir nur der Nachhall deiner Erinnerungen, das Summen des Kühlschranks und dienstagabends Nighthawks Tenorsaxofon.

In einem anderen Leben wäre es vielleicht anders gelaufen. Vielleicht hätte es geklappt mit dir und der Frau. Sie war deine einzige Chance, doch wenn du zurückblickst auf das, was damals passiert ist, gab es in Wahrheit gar keine Chance. Du hast es immer gewusst, hast es wahrscheinlich schon damals gewusst.

Einfach wegzugehen und alles, was sie hatte, zurückzulassen – schon das hätte sie in einen anderen Menschen verwandelt. Sie wäre nicht mehr die gewesen, mit der du jene Tage und Nächte verbracht hast. Sowohl die Entscheidung selbst als auch ihre Umsetzung in die Tat hätten diese Verwandlung bewirkt. Egal, du hättest es trotzdem riskiert und darauf gesetzt, dass sich alles Weitere schon finden würde, wenn sie sich für dich entschieden hätte.

Hier und heute nun, ein früher Novembermorgen 1981, über dem Wasser kühler Nebel. Und stapelweise Post auf dem Küchentisch, den du bei einem privaten Flohmarkt für fünf Dollar erstanden hast. Den Tisch hast du vor ein paar Jahren auf einer Fähre mitgeschleppt, nachdem sie das Mietshaus in Bellingham platt gemacht hatten, um Platz für ein Einkaufszentrum zu schaffen. Lauter Briefumschläge, denen man ansieht, dass sie von irgendwelchen offiziellen Stellen verschickt wurden – irgendwelches Zeug von der Regierung, von der Veteranenverwaltung oder von der Sozialversicherung, von Leuten, die immer noch versuchen, dich ausfindig zu machen. Sie können sich nicht vorstellen, dass du nichts von ihnen hören willst, dass du nichts von alldem willst, was auch immer sie dir anzubieten haben. Das sind die Umschläge mit dem Vermerk: Zurück an Absender.

Immerhin kommt überhaupt irgendwelche Post, sonst steckt ja kaum etwas anderes im Briefkasten als Werbeprospekte von Leuten, die dich dazu bringen wollen, Dinge zu kaufen, die zu besitzen dich nicht im Geringsten interessiert, etwa ein Home-Theater-System oder solches Zeug. Wenn man drüber nachdenkt, was zum Teufel ist überhaupt ein Home-Theater-System? Und wenn du das Geld hättest, dir so ein System zu kaufen, das du natürlich nicht hast, was würdest du damit anfangen?

Im Alter von achtundsechzig Jahren zog Robert Kincaid an seinem ausgefransten, orangefarbenen Hosenträger und streichelte mit der anderen Hand den Nacken eines Golden Retrievers, der Highway hieß. Dann zündete er sich eine Camel an und ging ans Fenster. Von irgendwo im Nebel oder hinter dem Nebel hörte er das nahe Tuckern eines Schleppers, der im Hafen von Seattle arbeitete.

Er zog die oberste Schublade eines vier Fächer hohen Aktenschrankes auf, der direkt neben dem Fenster stand. Sauber aufgereiht hingen da in Plastikhüllen die Dias, sozusagen sein ganzes Leben verpackt in diesen Plastikhüllen, fünf Fotos pro Reihe und in jeder Plastikhülle zwanzig. Das Leben eines Mannes, der seine Jahre mit der Suche nach gutem Licht zugebracht hatte. Er zog wahllos eine Hülle heraus und hielt sie gegen die Leselampe. Das erste Foto zeigte einen Hafenarbeiter in Mombasa mit zum Bersten gespannten Muskeln und einem breiten Grinsen unter seiner zerknitterten Kappe. Es musste 1954 entstanden sein, also vor siebenundzwanzig Jahren.

Auf dem zweiten sah man eine junge Sattelrobbe, die zu ihm aufsah und direkt in die Linse geblickt hatte. 1971, die Eisschollen in Neufundland. Dann die Straße von Malakka, ein paar Männer, die in einem Boot mit sechs Rudern raus aufs Meer fahren, um mit einfachen, mit Ködern versehenen Haken zu angeln und in den längst überfischten Gewässern kaum Hoffnung auf einen guten Fang haben. Danach ein Schnappschuss aus dem Baskenland, aufgenommen im Sommer. Und ein kalter Junitag in der Beaufort Sea, wo Amundsen einst entlanggesegelt ist. Und ein Tiger, der am Ufer des Lake Periyar in Südindien aus dem langen Gras heraustritt. In einer anderen Reihe sah man einen Reiher, der bei Port Townsend über der morgendlichen See seine Kreise zieht, ein Foto, das ihn stark an den Riff erinnerte, den Nighthawk immer im vierten Takt von »Sophisticated Lady« spielte.

Mehr Fotos. Das Campesino-Mädchen in Mexiko, das auf einem Feld steht und ihn über die Schulter hinweg ansieht, auf dem Kopf einen schlabberigen Strohhut und in einem sackartigen Kleid steckend, ihr Name und das Dorf sind ordentlich am Rand des Fotos notiert: *María de la Luz Santos, Celaya, Mexiko, 1979.* Es war sein letzter größerer Auftrag für eine Zeitschrift gewesen, eine Low-Budget-Produktion, bei der er am Ende sogar etwas Geld aus seiner eigenen Tasche hatte zusteuern müssen, damit die Arbeit vernünftig beendet werden konnte. Er fragte sich, wie es María de la Cruz wohl ergangen sein mochte und ob sie immer noch in dem gleichen Dorf lebte und im Sommer auf den Feldern arbeitete.

Die nächste Reihe. Die Sonne senkt sich langsam am herbstlichen Himmel von North Dakota, und ein Mann mit harten Gesichtszügen und Sonnenbrille blickt aus dem Fenster eines orangefarbenen Erntefahrzeugs zu ihm herab: *Jack Carmine, Mähdrescherfahrer, Feld des Farmers, südlich von Grand Forks, 1975.*

Tausende von Fotos in dem Aktenschrank. Robert Kincaid hatte nur die besten aufbewahrt, und seine Auswahlkriterien waren extrem streng. Die, die seinen Ansprüchen nicht genügten, hat er beim Aussortieren gleich weggeworfen und verbrannt. Bei denen, die er behalten hatte, konnte er sich bei jedem einzelnen Foto nahezu genau daran erinnern, wann und wo er es gemacht hatte und welche Lichtverhältnisse geherrscht hatten. Sogar die Gerüche, die ihn umgeben hatten, waren ihm präsent. Das Bild vom Lake Periyar erinnerte ihn an Curry, der Schnappschuss aus dem Baskenland an stark gewürztes Ziegenfleisch. Die Beaufort-Sea-Produktion war in kulinarischer Hinsicht weniger interessant gewesen, der immer gleiche langweilige Fraß im Camp, hin und wieder Fisch, und alles hatte man unter Moskitonetzen in sich hineinschaufeln müssen.

Das letzte Foto in der Hülle war ein verwackeltes Bild, auf dem man Felsen und Wasser erkannte. Er hatte 1972 die Klippen im Acadia National Park fotografiert und war genau in dem Moment, als er den Verschluss betätigte, ausgerutscht und zehn Meter tief in den Sand gestürzt. Er hatte das Bild aufbewahrt, weil es für ihn zugleich die Waghalsigkeit und die Dummheit symbolisierte und den schmalen Grat, der diese beiden Eigenschaften voneinander trennt. Sein gebrochener Fußknöchel war nie richtig verheilt, vor allem, weil er nicht auf seinen Arzt gehört und sich sofort wieder in die Arbeit gestürzt hatte, anstatt dem Knochen die erforderliche Erholung zu gönnen. Er schob die Plastikhülle zurück an ihren Platz und stützte sich lässig auf der geöffneten Schublade ab, seine gefalteten Hände ruhten auf den Plastikhüllen.

Ganz vorne in der Schublade lag ein großer brauner Umschlag. Er enthielt Briefe, die er in all den Jahren an Francesca Johnson geschrieben, aber nie abgeschickt hatte. Hinter dem Umschlag stand eine Schachtel, die Fotoabzüge enthielt. Er nahm die Schachtel heraus und schaffte auf dem Küchentisch ein wenig Platz, indem er einfach etwas dreckiges Geschirr und die Werbeprospekte sowie die zurückzusendenden Briefe an die Veteranenverwaltung zur Seite schob. Dann ließ er sich auf einem Stuhl nieder, setzte sich seine Bifokalbrille auf und öffnete die Schachtel vorsichtig. Er nahm ein Deckblatt heraus und starrte die Frau auf dem oben liegenden Foto an.

Francesca Johnson lehnte in ihren verwaschenen Jeans und einem T-Shirt an einem Zaunpfosten in Iowa und lächelte ihn an. Er hatte das Foto vor sechzehn Jahren gemacht. Schwarzweiß war genau das Richtige für sie gewesen, die Linien ihres Körpers waren exakt getroffen, ebenso ihre Gesichtszüge – genau so hatte sie ihn damals angesehen. Als er den ersten Abzug von dem Foto gemacht hatte, war sie auf dem Fotopapier erschienen wie ein Geist aus seiner Vergangenheit, der sie ja tatsächlich auch war. Erst das weiße Papier, dann die schwachen Umrisse der Weide und des Zauns und die Kontur eines Menschen, dann Francesca, ganz klar und deutlich, in der Morgendämmerung an einem Mittwoch im August 1965. Francesca, die in der Entwicklungsschale vor seinen Augen Gestalt annahm.

Er studierte das Foto, wie er es in all den Jahren

nach ihren gemeinsamen Tagen schon Hunderte von Malen getan hatte. In der Schachtel befanden sich sechsundzwanzig Fotos von ihr, aber dies war eindeutig sein Lieblingsbild. Nichts Außergewöhnliches, einfach nur Francesca in der Morgendämmerung, und ihre Brüste, die gegen das dünne baumwollene T-Shirt drücken und sich deutlich abzeichnen.

Er legte die Hände neben die Schachtel auf den Tisch, spreizte seine langen, schlanken Finger und spürte ihre Haut, wie sie sich damals vor all den Jahren angefühlt hatte. Er spürte die Form ihres Körpers, sein Tastsinn hatte alles genau gespeichert, und das Gehirn gab es an seine Hände weiter, oder vielleicht funktionierte die Erinnerung auch andersherum. Ohne die Hände zu bewegen, konnte er sie einzig und allein durch die Kraft seiner Erinnerung sanft und zärtlich über ihren Körper streichen lassen, von oben nach unten und um sie herum – über den Körper von Francesca Johnson.

Francesca, seine einzige Chance, all den einsamen Tagen ein Ende zu bereiten, seine einzige verdammte Chance auf irgendetwas anderes als diese langen Jahre der Stille und der Einsamkeit, etwas anderes als die ewigen Straßen und das Aufheulen der Düsentriebwerke auf seinem ständigen Weg nach wohin auch immer, an einen Ort, wo es gutes Licht gab. Für sie hätte er alles aufgegeben, die Straße, das Fotografieren, alles. Aber es gab Entscheidungen, die ihnen im Weg standen, schwere Entscheidungen, was sie betraf. Und sie hatte ihre Entscheidung getroffen, die richtige nach ihrer Meinung, und sie war dabei geblieben. War bei ihrer Familie geblieben, anstatt mit ihm abzuhauen.

Mein Gott, wie er sich das alles vergegenwärtigen konnte, die Bilder in Gefühle verwandeln und alles auf geradezu schmerzhafte Weise ganz real hier und heute noch einmal durchleben konnte. Sein Bauch gegen ihren gedrückt, die Wölbungen ihres Körpers, wenn sie sich ihm zuwandte, das Wetterleuchten der schwülen Sommernacht, das durch die Vorhänge ins Schlafzimmer drang. Ihr sanftes Lächeln und wie sie nicht davon ablassen konnte, ihn fortwährend zu berühren, als sie am Morgen danach im Bett lagen, ihre Hände immer auf seinem Körper.

»Wenn ich dich nicht anfasse, habe ich Angst, dass all dies sich in Luft auflöst«, hatte sie mit einem Lächeln gesagt und sich bei diesen Worten eng an ihn geschmiegt.

Aber es löste sich trotzdem in Luft auf. Löste sich an einem Freitagmorgen in Luft auf, als er die Zufahrt von ihrer Farm in Süd-Iowa hinunterfuhr, als die Sonne heiß vom Himmel brannte, kein Lüftchen die Blätter der Bäume bewegte und das Herz der Welt für einen Augenblick stillstand. Als er auf dem Trittbrett seines Pick-ups stand, den er Harry getauft hatte, und über die Zufahrt zu ihr zurückblickte, sie lange so ansah, bevor er Harry schließlich langsam auf die Landstraße steuerte und links abbog. Und ihm die Tränen kamen, als er sich noch ein letztes Mal umdrehte und Francesca da sitzen sah, am Ende der Zufahrt, mit gekreuzten Beinen und den Kopf in den Händen, in der Hitze und im Staub des Sommers von Iowa.

Wer, zum Teufel, hat behauptet, dass das Feuer irgendwann erlischt? Mag sein, dass es nur noch ein bisschen flackert, aber für immer erlöschen tut es nie. Die alten Mythen, eine Behauptung aus Bequemlichkeit, aufgestellt von Leuten, die das Gefühl eines gegen sie gedrückten Frauenkörpers nicht mehr brauchen und sich der damit verbundenen Verantwortung entledigen wollen. Wenn er das Foto von Francesca Johnson ansah und seine Hände über all die Jahre und Meilen hinweg über ihren Körper streichen ließ, wollte er alles noch einmal haben, wollte spüren, wie sie sich nackt unter ihm bewegte, und sie Worte sagen hören, die er nicht immer verstehen konnte und dennoch verstanden hatte. Er merkte, wie er hart wurde, und lächelte. Allein der Gedanke an sie vermochte bei ihm immer noch diese Reaktion zu bewirken.

Er zog sein Portemonnaie aus der linken Vordertasche seiner Jeans und entnahm ihm einen kleinen zusammengefalteten Zettel. Er war vergilbt und vom tausendfachen Auseinanderfalten und zehntausendfachen Lesen von Francesca Johnsons Worten, in die ein Satz von W. B. Yeats eingebettet war, ziemlich zerfetzt:

Falls Ihnen nach einem weiteren Abendessen ist, »wenn weiße Nachtfalter wach werden«, dann kommen Sie doch heute Abend nach der Arbeit vorbei. Kommen Sie, wann Sie wollen.

Ihre Handschrift aus einem lange zurückliegenden Sommer, als der August heiß gewesen und es heiß geblieben war und er in der schlichten Küche ihrer Farm Eistee geschlürft hatte. Später an jenem Abend hatte sie die Einladung mit einer Reißzwecke an der Seite einer überdachten Brücke, der Roseman Bridge im Madison County, Iowa, festgepinnt.

Wenigstens noch einmal mit ihr reden, um ihr zu sagen, wie er sich fühlte, wie sein ganzes Leben für ein paar Tage seine Erfüllung gefunden hatte. Um ihr zu danken und, wenn es nicht zu mehr kam, sie einfach nur anzusehen, ihr Gesicht noch einmal zu sehen. Einen Moment nur, um ihr sagen zu können, dass es ihn noch gab und dass er sie immer noch liebte. Ausgeschlossen, es war nie möglich gewesen, schließlich hatte sie ihre Familie mit allem Drum und Dran. Er lehnte sich zurück und strich sich mit den Händen durch seine grauen Haare, die wie immer ziemlich zerzaust waren und ihm etwa fünf Zentimeter über den Kragen seines Hemdes hingen. Letzte Dinge, das, was man noch einmal zurückholen möchte, und die Straße war immer noch da draußen. Letzte Cowboys, die das große Lasso noch einmal schwingen sollten. Die genau das tun sollten. Das müde Pferd reiten, bis es stürzt, und den stumpf gewordenen Stamm des Evolutionszweiges, der deine Gattung hervorgebracht hat, mit dir selber sterben lassen.

Zusammengekauert in seiner Bude mit dem Nebel draußen auf dem Wasser, Nebel bis an die Tür, und all den Spuren, die die Jahre bei ihm hinterlassen haben. Zusammengekauert am Rande von ... was? Nichts.

Er schenkte sich eine Tasse Kaffee ein, ging zum Schrank und öffnete ihn. In den Schrankfächern lag seine Ausrüstung: die fünf Objektive, jeweils mit Schutzkappe und in einer weichen Ledertasche verstaut, und, eingewickelt in dicke Tücher, die beiden Nikon-F-Kameras und der Entfernungsmesser. Die Ausrüstung eines Profis, eine antiquarische Ausrüstung, alt und ramponiert, zerkratzt und verschlissen von Metallknöpfen und Reißverschlüssen, vom Sand, den der Schirokko durch die Luft geblasen hatte, von den Felsen der Irish Barrens, vom ständigen Aneinanderreiben und Hin- und Hergeschüttel der zahllosen Meilen, denen die Geräte auf der Ladefläche von Harry und auf den ungezählten Interkontinentalflügen nach Afrika oder Asien oder sonst wohin ausgesetzt gewesen waren.

Im Gefrierfach seines Kühlschranks lag sein letzter Kodachrome II 25-ISO-Film. Als die Produktion dieses Films eingestellt wurde, hatte er noch einmal fünfhundert Stück gekauft und sie tiefgekühlt und gehegt und gepflegt und nur für seine eigenen Zwecke verbraucht, wohingegen die Zeitschriften auf Kodachrome 64 umgestiegen waren.

So ist also alles auf das hier hinausgelaufen, und er hatte immer gewusst, dass es so kommen würde. Nebel über dem Wasser, Nebel bis an die Tür und im Kühlschrank sein letzter Film. Das Essenzielle: Blut und Knochen, und Fleisch auf den Knochen und Gedanken im Kopf, und von alldem bleibt nichts als Asche, wenn es vorbei ist. Nichts kommt mehr, und man kann nichts daran ändern, die urgewaltige Triebkraft dessen, was schon in frühester Zeit aufgeschrieben wurde und von den Wächtern des Schicksals streng gehütet wird. Was für ein seltsames, einsames, stilles Leben. Es war von Anfang an genau so, und so ist es die ganze Zeit geblieben. Außer an diesen himmlischen Tagen, an diesen vier Tagen im August 1965.

Darauf ist es nun also hinausgelaufen nach all den Jahren, nach den Reisen zu den Klippen im Acadia National Park und an die Küsten des Horns von Afrika, nach dem Dämmerlicht in einem Bergdorf, in dem die Universen miteinander verschmolzen, nach dem fröhlichen Geplansche in dämmrigen Dschungelweihern mit der Tochter eines Seidenhändlers, deren Lachen die Stille nur für einen Augenblick vertreiben konnte. Und immer, immer das schmerzhafte Heulen der vergehenden Zeit im Ohr und vor Augen, wie flüchtig und schnell verwelkend dieses merkwürdige Ding ist, das wir das Leben nennen, immer im Bewusstsein, wie vergänglich das alles ist. Arbeiten, essen, geradeaus gehen und später dann irgendwann taumeln. Und zusehen, wie alles auf einen vier Fächer hohen Aktenschrank voller Emulsionen hinausläuft, die so vergänglich sind wie du selbst. Nur die Bilder bleiben, stumme Zeugen deiner früheren weihevollen Taten.

Indien oder das Kap der Guten Hoffnung oder die Straße von Malakka, immer das Gleiche: Männer im Sand oder die Boote durch die Küstengewässer manövrierend. Einige unterwegs, während andere zusehen. Morgen werden sie es wieder tun ...

∾

Nachdem der Gedanke ihm einmal durch den Kopf gegangen war, ließ er ihn nicht mehr los. Er ging ans Fenster und sah hinaus in den Nebel. Selbst der Morgen wirkte irgendwie müde, dabei hatte er gerade erst begonnen.

Er zog die Küchenschublade heraus. Drei uneingelöste Schecks von sterbenslangweiligen Aufträgen in Schulen und auf Kunstmessen. Die ruhmreichen Tage waren endgültig vorbei, keine ausgedehnten Fotoexpeditionen mehr für *National Geographic,* die ihn dahin gebracht hatten, wo immer es gutes Licht gab.

Weitere siebenundachtzig Dollar in Scheinen. Seine Kaffeekanne voll mit Kleingeld, vielleicht noch einmal fünfzig Dollar. Der neue Motor, den er Harry eingebaut hatte, hatte erst achtundsechzigtausend Meilen auf dem Buckel. Billig übernachten, mit wenig Gepäck reisen und wenn nötig im Wagen schlafen. Er konnte es tun, er konnte noch einmal hinfahren, zusammen mit Highway.

»Was meinst du, Highway, sollen wir das machen? Einfach noch einmal hinfahren, uns die Roseman Bridge ansehen und eine Menge alter Erinnerungen in uns hochkommen lassen? Sonst nichts, einfach nur hinfahren und uns in ihrer Sphäre aufhalten. Ist doch allemal besser, als hier rumzusitzen und sich in Selbstmitleid zu ergehen, zuzusehen, was der Herbst mit den Blättern der Bäume und mit den Schmetterlingen anstellt, und Dinge zu erflehen, die sowieso nie eintreten werden.«

Highway schnaufte einmal leise, kam mit wedelndem Schwanz zu ihm getrottet und ließ sich neben ihm nieder.

»Wie sie wohl heute aussieht? Ob sie sich sehr verändert hat?«

Die Kiefern draußen, eingehüllt in den Nebelschleier, tropfen vor Feuchtigkeit. Der Schwanz des Hundes schlägt auf den Fußboden aus Kiefernholz. Noch ein Schwanzschlag.

Wenn du achtundsechzig Jahre lang fast immer allein gelebt hast, teils aus freier Entscheidung, teils weil die Umstände es so erfordert haben, beginnen deine Gedanken um sich selber zu kreisen, weil niemand da ist, dem du sie erzählen kannst und der ihnen einen Sinn geben könnte, wenn er dir zuhören würde. Irgendwann quillt der Gedankenstrom dann willkürlich heraus, bahnt sich einen Weg vom Gehirn zur Zunge. Als ob die Produkte deiner Kopfarbeit nicht länger in der Stille eingesperrt sein wollen und in Form von Worten nach draußen drängen, um anderen Gedanken Platz zu machen.

Ein oder zwei Tage absoluter Einsamkeit und permanenter Stille reichen bei den meisten Leuten, um diesen Prozess in Gang zu setzen, bei manchen genügen sogar schon ein paar Stunden. Er selber hatte sein ganzes Leben so zugebracht. Er redete mit sich selbst, wenn er seine Vorbereitungen für ein Foto traf oder sich etwas zu Essen kochte, brabbelte von Belichtungszeiten oder Basilikum, Kameras oder Käse. Der Hund war ein dankbarer Empfänger seiner herausdrängenden Gedanken geworden und – gepfiffen sei auf die Bedeutung – erfreute sich allein am Klang der Worte, ob sie nun direkt an ihn gerichtet oder einfach nur so dahingesagt waren.

»Ihre Kinder sind inzwischen erwachsen, wahrscheinlich längst ausgezogen. Könnte es eh nicht riskieren, sie zu sehen. Wüsste gar nicht sicher, was ich tun würde, falls ich sie sehen sollte. Und was sie tun würde, erst recht nicht. Verdammt, vielleicht waren es für sie einfach nur diese vier Tage, und sie hat die ganze Geschichte längst vergessen. Oder sie waren einfach nur eine Erinnerung von vielen und womöglich eine, an sie lieber gar nicht mehr denkt.«

Er wusste, dass es nicht so war. Francesca Johnson und er waren miteinander verbunden, ein Teil von jedem von ihnen steckte in dem anderen, und so würde es bleiben, solange ihre Hirne fähig waren, sich zu erinnern. Er hatte nie daran gezweifelt. Wo auch immer es ihn in den vergangenen sechzehn Jahren hingeführt hatte – sie war immer da gewesen. Er wusste, ja er war absolut sicher, dass es ihr genauso ging. Aber manchmal linderte es den Schmerz ein wenig, wenn er sich einbildete, dass sie nicht mehr an ihn dachte, machte es ihm ein wenig leichter, den Speer zu ertragen, der in seiner Brust brannte, wenn er an sie dachte.

Eine große Liebe in einem bewegenden Augenblick, in dem ihm ein warmer Hauch über den Rücken gestrichen war und das Universum kurz innegehalten und seine Pläne für einen Moment zurückgestellt hatte. Ein bewegender Augenblick, in dem der alte Vagabund die heimischen Feuer erblickt hatte und die Züge stehen geblieben und die Pfeifen ihrer Lokomotiven verstummt waren. Als sein Kreisen um Rilkes alten Turm vorübergehend ein Ende gefunden hatte.

Hinter ihm erwachte der Kühlschrank mit einem Grummeln zu neuem Leben, und er rauchte noch eine Camel, hustete zweimal und sah hinaus in die Morgenstimmung. Er erinnerte sich genau an die alte Farmküche in Iowa. Wie der letzte und nahezu unfehlbare Zeuge all dessen, was das Leben zu bieten hatte, hielt sein geübtes Fotografenauge wie eine Kamera alles fest, und so konnte er sie immer noch sehen, die Küche, jedes Detail. Den rissigen Linoleumboden, den Resopaltisch, das Radio neben der Spüle und die Motten, die das Licht umschwirrten.

Und er sah Francesca, wie sie da stand, in ihrem rosa Sommerkleid und ihren weißen Sandaletten, und ihn ansah. Francesca Johnson, die die größte Chance ihres Lebens beim Schopf ergriff und ihm verfiel, so wie er ihr verfiel. Wenn die Sünde wirklich existiert, hatten sie gemeinsam gesündigt, die Sünde zu gleichen Teilen auf beide Schultern verteilt. Er hatte an jenem Abend dagesessen, lässig gegen den Kühlschrank gelehnt, und sie angesehen, hatte auf ihre Oberschenkel gesehen, zu denen der Saum ihres Kleides hochgerutscht war und den Blick auf ihre schlanken braunen Beine freigegeben hatte. Und dann der unwiderstehliche Drang der alten Pfade – lasst sie uns zugleich preisen und verfluchen –, der alten Pfade, die die Oberhand gewinnen, und der Straßentango, der erst noch ganz fern klingt, aber allmählich näher kommt.

Die alten Pfade, verschlungen in den verwühlten Bettlaken einer heißen Sommernacht und auf dem Schweiß von Francescas Bauch dahingleitend, und auf dem Schweiß ihres Gesichtes und ihrer Brüste und dem Schweiß seiner Schultern und seines Gesichtes und seines Rückens und seines Bauches. Die alten Pfade mit dem duftenden Ehrenpreis, das Wischen des über den Boden streifenden karminroten Tuchs in der Stierkampfarena und das Gejohle der entfernten Meute, die sowieso nichts sieht, aber trotzdem Beifall klatscht. All die Jahre, in denen sie ihre Begierden unterdrückt hatte, all die Jahre, in denen er das Gleiche getan hatte, und dann waren sie übereinander hergefallen, wieder und immer wieder, während die Kerzen herunterbrannten und der Regen kam und ging und sich langsam die Morgendämmerung über die Landschaft von Süd-Iowa legte.

Im ersten Dämmerlicht hatte er sie hinaus auf die Weide geführt und sie gebeten, sich gegen einen

Zaunpfosten zu lehnen. Und dort hatte er sie in ein Schwarzweißbild verwandelt, das nun in einer Schachtel auf einem Tisch lag, in einer anderen Küche, an einem nebligen Morgen in Seattle.

Schwing das große Lasso noch einmal. Harry war klamm und roch nach kaltem Tabakrauch. Die gleiche Routine, bewusst die gleiche Routine wie damals vor sechzehn Jahren. Er verkeilte den Koffer auf der Ladefläche neben dem Ersatzreifen und zurrte ihn mit einem Stück Wäscheleine an dem Reifen fest. Diesmal keine Gitarre; er hatte seit Jahren nicht gespielt. Er dachte noch einmal kurz darüber nach, ging zurück in seine Hütte und kramte die Gitarre doch neben dem Kühlschrank hervor. Der Gitarrenkoffer hatte Schimmel angesetzt, und es war schwer vorauszusagen, wie wohl die Gitarre selbst aussah, weshalb er den Koffer lieber gar nicht erst aufklappte. Er zuckte mit den Schultern, brachte den Gitarrenkoffer raus zum Wagen, verschnürte ihn neben dem anderen Koffer und zog über beides eine Plane. Beim Festziehen der Schnur gab die Gitarre im Koffer einen leisen, schrägen Ton von sich, als ob sie überzeugt werden könnte, wieder zu spielen, wenn man sie aus der Dunkelheit befreite und sie anfasste und stimmte.

Früher wäre er einfach von der Ladefläche gesprungen, doch jetzt ließ er sich an der Heckklappe nieder und rutschte vorsichtig herunter, wobei er darauf achtete, zuerst seinen unversehrten Fuß auf den Boden zu setzen, da der andere womöglich versagte, wenn er nicht aufpasste.

Diesmal nur ein Rucksack, der eine Nikon F enthielt, und ein einziges Objektiv – seine Lieblingslinse, das 105-Millimeter-Objektiv – und sein letzter Kodachrome-II-Film. Nur dieser eine Film für ein Projekt, das er *Last Time* getauft hatte.

Eine Thermosflasche, die Kamera, der Koffer, drei Stangen Camel und ein Kasten chinesisches Bier, den er in irgendeinem Laden im Hafenviertel im Sonderangebot aufgetrieben hatte. Ein alter Schlafsack. Wenn ihm das Geld ausging, blieb ihm nichts anderes übrig, als in seinem Pick-up zu campieren. Ein zerfleddertes Exemplar von *Die grünen Hügel Afrikas,* das er auch 1965 dabeigehabt und seitdem nicht mehr gelesen hatte. Er sah an sich herab: die Red-Wing-Armeestiefel mit dem inzwischen vierten Paar Sohlen, verwaschene Jeans, Khakihemd und seine orangefarbenen Hosenträger. Hinter dem Sitz der gefütterte braune Parka, bei dem eine der Taschen zerrissen war und der auf dem rechten Ärmel einen Kaffeefleck hatte. Die unveränderliche, funktionale Uniform eines Mannes auf Beutezug.

Highway hatte seinen Platz auf dem Beifahrersitz. Auf dem Boden davor seine Wasserschale, sein Blechnapf und daneben ein Sack mit Hundefutter und die Kaffeekanne mit dem Kleingeld.

Diesmal würde er jedoch eine andere Route nehmen. Vor allem, um den kalten Nächten zu entgehen, die im äußersten Norden des Landes um diese Jahreszeit zu befürchten waren. Er würde einfach drauflos fahren, da er ja keine besonderen Pläne mehr hatte. Erst einmal nach Süden in Richtung Oregon, dann weiter nach Kalifornien und dann einfach nach Osten. Soweit er gehört hatte, war Iowa nicht irgendwo anders hingewandert, also musste er hinkommen, wenn er in Nordkalifornien nach Osten abbog und die Richtung mehr oder weniger beibehielt.

Vielleicht würde er nach South Dakota hochfahren und den Black Hills einen Besuch abstatten, wie damals auf seiner Reise ins Madison County, Iowa. 1973 war er anlässlich einer Geschichte über eine archäologische Ausgrabung noch einmal in den Black Hills gewesen – eine seiner letzten größeren Fotoproduktionen für eine bedeutende Zeitschrift. Vielleicht war der alte zänkische Mann noch da, den er sich als Führer genommen hatte. Vielleicht würde er kurz anhalten und Hallo sagen, einen Blick in diese Kneipe werfen – wie hieß sie doch gleich? – und ein wenig dem Akkordeonspieler lauschen, wenn es ihn noch gab. Er setzte sich gerade auf den Fahrersitz, starrte durch die Windschutzscheibe und vergegenwärtigte sich all das, was es da draußen gab, das er nie gesehen hatte.

»Weißt du, Hund, ich habe es allmählich satt, weiter Trübsal zu blasen. Vielleicht geht's dir auch so. Herumzuspinnen von den alten Pfaden und den alten Zeiten und hier herumzuhängen und sich in Plastikhüllen anzugucken, wer man früher einmal war und was man gemacht hat. Die Barbarei der Vergreisung zu verfluchen, aufzugeben und sein Leben zu verpfuschen. Das passt doch gar nicht zu mir. Die Realität ist eine Sache, aber seine Träume zurechtzustutzen ist fast so, wie einen langsamen Tod zu sterben.«

Er hielt einen Moment inne und sah zu dem Hund hinüber. »Schon mal diese wundervollen Zeilen von dem anderen Cummings gehört? Ich meine nicht unseren Freund Nighthawk, sondern Mr. e. e. cummings, der seinen Namen am liebsten mit kleinen Buchstaben geschrieben hat. Mal sehen... also, genau kriege ich es nicht mehr zusammen... Es war etwas über Ärzte und hoffnungslose Fälle und bessere Universen, die es irgendwo gibt und nach denen man nur suchen muss.«

Er lächelte den Hund an. »Bin gleich wieder da.«

Zurück in der Hütte nahm er einen Rucksack aus einem der Fächer seines Kleiderschrankes und holte ein zerkratztes Gitzo-Stativ hervor, das hinter vier aufgehängten Hemden an der Rückwand des Schrankes lehnte. Anschließend suchte er auf dem Boden des Schrankes herum, bis er einen schwarzen wollenen Rollkragenpullover fand, den er vor etlichen Jahren in Irland gekauft hatte, und legte den Pullover auf das Stativ. Seine Foto-Weste hing an einem Kleiderbügel. Er nahm sie herunter und zog sie an.

Dann holte er Kameras und Zubehör aus dem Küchenschrank und verstaute alles in dem Rucksack, jedes Teil ordentlich an seinem vorgesehenen Platz. In einer der Schubladen hatte er noch dreiundvierzig Tri-X-Schwarzweißfilme, die quer verstreut über einer Auszeichnung lagen, mit der eine renommierte Fotozeitschrift seine Arbeit gewürdigt hatte:

FÜR ROBERT L. KINCAID
In Anerkennung einer lebenslangen exzellenten Leistung in der Kunst der Fotografie

Animus non integritatem sed facinus cupit

Das Herz dürstet nicht nach Reinheit,
sondern nach Abenteuer

Er schaufelte die Filme in eine Einkaufstüte aus Plastik, sah sich noch einmal um und hängte sich das Stativ und den Rollkragenpullover über die eine Schulter und den Rucksack über die andere. Beim Abschließen der Hütte achtete er darauf, die Fliegentür nicht zuzuknallen.

Wieder im Wagen startete er den Motor und fragte: »Alles klar, Highway? Lass uns unterwegs sehen, was wir alles vergessen haben.«

Eine fahle Sonne rang mit dem Nebel des fortgeschrittenen Morgens um die Oberhand, als er mit der Fähre den Sund überquerte und durch die Elliot Bay aufs Festland zufuhr. Leichter Wellengang schaukelte das Schiff. Er durchquerte den Hafen und verließ die Stadt auf Schleichwegen, wobei er auch an dem Park vorbeikam, in dem er und Nighthawk manchmal auf einer Bank saßen und sich gegenseitig erzählten, was sie für die wahre Geschichte ihres jeweiligen Lebens hielten. In Olympia löste er die Schecks der Schule ein und warf eine Postkarte für Nighthawk in den Briefkasten, auf der er ihm mitteilte, dass er die Stadt verließ und sich in ein paar Wochen wieder bei ihm melden würde. Alte Männer machen sich umeinander Sorgen, und sein Freund Nighthawk wäre nicht nur besorgt, sondern auch erstaunt.

Er entschied sich, zunächst die Küstenstraße Richtung Süden zu nehmen und dann bei Maytown nach Westen abzubiegen, hinein ins offene Land, in die Art Landschaft, wie er sie liebte, nur Nebenstraßen und kleine Städte. Highway hatte den Kopf aus dem Fenster gestreckt, seine Ohren flatterten im Fahrtwind.

Und so kam es, dass Robert Kincaid in dem Drang, die letzten Dinge zu erledigen und bestimmte Dinge noch einmal zurückzuholen, gefangen im Käfig seiner Erinnerungen, das große Lasso im November 1981 noch einmal schwang und unterwegs war nach Iowa, zu den Brücken im Madison County.

ZWEITES KAPITEL

Francesca

Francesca Johnson fühlte sich nicht alt, und man sah ihr ihre sechzig Jahre nicht an. Ihre Freunde sagten ihr oft, wie ungewöhnlich gut es die verrinnende Zeit offenbar mit ihr meinte. Dass ihr Haar noch immer schwarz war, wenn man von den vereinzelten grauen Strähnen absah, die sich bereits in ihren Vierzigern gezeigt hatten, und wie gut sie ihre Figur gehalten hatte.

Richard hatte das auch festgestellt. »Frannie«, hatte er gesagt, »während wir alle älter werden, scheinst du dich so gut wie gar nicht zu verändern.«

Doch sie hatte sich natürlich verändert. Wenn sie in den Spiegel ihrer Frisierkommode blickte, wusste sie, dass ihre Kleider den allmählichen Verfall gut verdeckten. Dennoch, ihre gesunde Ernährung und ihre gesunde Lebenseinstellung, ihre breitkrempigen Hüte und ihr täglicher Spaziergang, der sie manchmal die zwei Meilen bis zur Roseman Bridge und wieder zurück führte, hielten sie ganz gut in Schuss. Aber mehr als das tat die Hoffnung ihre Wirkung, dass sie ihn vielleicht noch einmal wiedersehen würde, dass Robert Kincaid auf irgendeine Weise noch einmal zu ihr zurückkehrte. Und mehr als alles andere war es vielleicht diese Hoffnung, die sie antrieb, nach Möglichkeit noch genauso auszusehen wie damals. Sie wollte, dass er sie wiedererkannte, wollte, dass er sie genauso begehrte, wie er sie damals begehrt hatte, vor all den Jahren.

Als Gradmesser für ihre Figur diente ihr ein leichtes rosafarbenes Sommerkleid, das sie sich 1965 gekauft hatte. In den vergangenen sechzehn Jahren hatte sie es gelegentlich anprobiert. Wenn es ihr ein wenig eng erschien, hatte sie umso strenger auf ihr Gewicht geachtet, bis das Kleid wieder bequem und locker saß. Manchmal, wenn sie es trug, drehte sie sich vor ihrem Schlafzimmerspiegel und lächelte und sagte zu ihrem Spiegelbild: »Für ein Mädchen vom Lande siehst du ganz passabel aus.« Dann schlug sie sich auf die Wangen und lachte leise über ihr Selbstlob. Anschließend wurde das Kleid wieder zusammengelegt und verschwand, in Plastikfolie eingewickelt, in einem der obersten Schrankfächer.

Richard war im Jahr zuvor gestorben, und die Farm hatte sich stark verändert. Der Viehbestand war verkauft, das Land verpachtet. Die Kinder waren erwachsen und fortgezogen, wo Kinder eben hinziehen, wenn die Zeit gekommen ist. Viel Geld hatte sie nicht, aber mit den Ersparnissen, Richards bescheidener Lebensversicherung und dem, was das verpachtete Land einbrachte, reichte es zum Leben.

Fünf Monate vor Richards Tod war ihre Schwester in Italien erkrankt und hatte sie gebeten zu kommen. Sie war nach Neapel geflogen, hatte in den alten Zimmern ihrer Jugend gesessen und ihre Schwester sechs Tage nach ihrer Ankunft auf dem alten Friedhof begraben, auf dem auch ihre Eltern die letzte Ruhe gefunden hatten. Am Tag ihrer Abreise hatte sie sich noch einmal aus dem Fenster ihres einstigen Mädchenzimmers gelehnt und hinabgesehen auf die Straßen einer Stadt, die sie nicht mehr wiedererkannte. Sie hatte sich gefragt, was wohl aus Niccolo geworden war, dem Mann, der ihr, als sie noch jung war, als Erster gezeigt hatte, was es hieß, eine Frau zu sein. Er war an der Universität Professor für Bildende Künste gewesen und zwanzig Jahre älter als sie.

Und nun lag Richard auf dem Friedhof von Winterset, neben seinen Eltern. Die immer länger werdenden würdevollen Reihen der Grabsteine, in einer Linie immer wieder Eltern und ihre Kinder, die wie in den Boden geschnitzte Kerben die Vergänglichkeit symbolisieren. Richard hatte auf dem Friedhof gleich zwei Gräber gekauft. Er war wie selbstverständlich davon ausgegangen, dass sie neben ihm ihre letzte Ruhe finden würde, doch wie sich später herausstellen sollte, lag er damit falsch.

Richard. Guter, liebenswürdiger Richard. Ohne jeden Zweifel hochanständig und auf seine eigene, mitunter etwas unbeholfene Art durchaus liebevoll. Doch für sie war es nicht genug gewesen. Die Francesca, die Richard gekannt hatte, war nur Camouflage gewesen, die Maske einer anderen Frau, die sich hinter der zur Schau gestellten pflichtbewussten Farmersgattin und der treusorgenden Mutter verbarg. So vielartige Lügen und Tarnschichten. Und darunter eine ganz andere Frau als die, die morgens die Spiegeleier mit Speck zubereitete, während Richard im Radio die ersten Berichte von der Viehbörse hörte. In dem selben Radio, das in einer heißen Augustnacht 1965 »Tangerine« und »Autumn Leaves« spielte, während sie dazu in der Küche mit einem Mann namens Robert Kincaid tanzte, den der Sommerwind nur zu einem einzigen Zweck in ihr Leben getragen hatte.

Wenn sie dort am Herd gestanden hatte, hatte sie manchmal gedacht, mein Gott, wenn er das wüsste. Wenn Richard wüsste, was sich in ihrer Küche zugetragen hatte. Ob er sie sich vorstellen konnte, wie sie sich nackt einem langhaarigen Fotografen hingab, einem Mann, der nicht aus dem Hier und Jetzt zu kommen schien? Wie die Papierservietten auf den Boden segelten und sich über die ganze Küche verstreuten, als Robert Kincaid sie auf dem Tisch liebte? Nein. In seinen kühnsten Träumen hätte Richard sich das nicht ausgemalt. Lügen über Lügen und so viele Tarnschichten.

Dennoch hatte Richard eine Ahnung von all dem gehabt. Seine letzten Worte auf dem Sterbebett zeugten davon. Nur wenige Stunden, bevor er das Bewusstsein verlor, hatte er diese Worte aus der Tiefe seiner Kehle mühsam krächzend hervorgebracht. »Francesca, ich weiß, auch du hast deine Träume gehabt. Tut mir Leid, dass ich sie dir nicht erfüllen konnte.«

Mit einer letzten Kraftanstrengung hatte er bei diesen Worten langsam seine Hand aus dem Krankenbett nach ihr ausgestreckt, und sie hatte in seinen alt gewordenen, feuchten Augen gesehen, dass er ihr mehr sagen wollte als das, was in seinen bloßen Worten steckte. Sie nahm seine große, raue Hand und drückte sie gegen ihre Wange, und in diesem Moment, nur in diesem kurzen Augenblick tat es ihr Leid, was sie mit Robert Kincaid getan hatte. Und genauso Leid tat ihr, dass Richard nie erfahren würde, was so tief in ihr geschlummert hatte, dass sie sich dessen selbst kaum bewusst gewesen war, bis ein Mann namens Robert Kincaid durch ihr Leben gerauscht war.

Doch trotz alldem, was er nie war und nie sein konnte, hatte Richard Johnson mehr gewusst, als sie es ihm je zugetraut hätte. Er wusste etwas, das ihn tief und stark schmerzte, nämlich dass er nie Teil von Francescas Träumen gewesen war, dass er länger als dreißig Jahre mit ihr verheiratet war und doch nie die Frau erreichen konnte, die hinter der äußeren Fassade jener Frau verborgen war, die seinen Arbeitsalltag teilte und ihm Kinder geschenkt hatte.

In dem alten Haus war es ganz ruhig. Francesca schlug die jüngste Ausgabe des *Madisonian* auf und las das Neueste über das alltägliche Treiben der ländlichen Bevölkerung. Sie blätterte durch die Kirchenseiten mit den Abendmahlterminen, durch die Sportseiten mit den Berichten über die letzten Spiele der Football-Saison, überflog die Heirats-, Geburts- und Todesanzeigen, all die Ereignisse einer Welt eben, in der sie nun seit sechsunddreißig Jahren lebte und die doch immer noch nicht ihre Welt geworden war.

Sechs Monate, nachdem Marge Clark gestorben war, hatte Floyd sie zum Essen ausführen wollen. Sie hatte alle möglichen Entschuldigungen angeführt und Nein gesagt. Als die Landwirtschaftsausstellung begann, ein Zwischending zwischen Zurschaustellung und Begutachtung des Viehs und einer großen Grillparty, hatte er es noch einmal versucht. Sie wollte ihn nicht verletzen und wimmelte ihn damit ab, dass sie zu viel zu tun habe und die Kinder zu Besuch kämen. Danach fragte Floyd Clark nie wieder, doch er war immer höflich, wenn sie sich mit ihren Einkaufswagen bei Fareway begegneten. Er war etwas dünner geworden und sah aus, als ob er Marges gute Küche vermisste.

Sie legte die Zeitung zurück auf den Tisch, nahm ihre Sonnenbrille ab und ließ den Blick über die herbstlichen Stoppelfelder schweifen. Dabei dachte sie an Robert Kincaid. Eigentlich waren ihre Gedanken immer bei ihm, allerdings hatte sie in bestimmten flüchtigen Augenblicken an bestimmten flüchtigen Tagen das Gefühl, als ob er nur ihrer Fantasie entsprungen wäre und nur deshalb für sie zu etwas Realem geworden war, weil sie so oft an ihn gedacht hatte. Doch da waren ja die Fotos von ihr, die er ihr geschickt hatte, und seine Fotos im *National Geogra-*

phic und die Bilder, auf denen er selbst zu sehen war.

Sie fragte sich, ob er wohl immer noch ein Leben auf der Straße führte, ob er überhaupt irgendwo war. Manchmal sah sie den Kondensationsstreifen eines hoch über ihr fliegenden Flugzeugs hinterher und stellte sich vor, dass er darin saß, auf dem Weg nach Jakarta oder Nairobi. Vielleicht hätte sie einmal in den Nordwesten reisen und nach ihm suchen sollen. Aber vielleicht war es auch besser, einfach weiter mit den Erinnerungen an ihn zu leben. Vielleicht war es ihnen ja bestimmt, nur diese vier Tage miteinander geteilt zu haben.

Vielleicht hätte sie ihn gefunden. Nach ein paar fragenden Blicken und einer kleinen Gedächtnishilfe (»Ach, stimmt ja, die Frau aus Iowa, damals, als es um die überdachten Brücken ging«) wäre er wieder ganz der Alte gewesen – liebenswürdig und ruhig. Vielleicht wären sie auf einen Kaffee in ein Restaurant eingekehrt und hätten sich ein paar Minuten unterhalten, bevor er unvermittelt auf seine Uhr gesehen und sich entschuldigt hätte, dass er noch dies oder das zu tun habe.

Und sie wäre allein in einer roten Vinyl-Nische sitzen gelassen worden, weit weg von zu Hause, und hätte sich gewünscht, dass sie sich nie auf die Suche nach ihm gemacht hätte. Und hätte anschließend mit der traurigen Gewissheit weiterleben müssen, dass sie nicht mehr gewesen war als eine willkommene und flüchtige Abwechslung im Leben eines Straßen-

Cowboys. Hätte weiterleben müssen mit der Zerstörung all dessen, was ihr über die Jahre hinweg Lebenskraft gespendet hatte, weiterleben müssen in der Stille eines trostlosen Lebens.

Nein. So wäre es nicht gewesen. Da war sie sicher, jedenfalls meistens. Aber es waren seitdem so viele Jahre vergangen, und wenn sie ihn nicht hin und wieder auf einem Foto im *National Geographic* gesehen hätte, wäre sein Gesicht in ihrer Erinnerung allmählich verschwommen. Selbst diese Fotos waren inzwischen alt, und möglicherweise würde sie ihn nicht einmal mehr wiedererkennen. Er musste jetzt achtundsechzig sein. Der Leopard mit achtundsechzig, das war schwer vorstellbar. Vielleicht war er krank oder konnte nicht mehr so wie früher und wollte gar nicht, dass sie ihn so sah.

Sie ging in ihr Schlafzimmer und nahm ihr rosafarbenes Kleid aus dem Schrank. In der Ecke des Zimmers stand der Plattenspieler, den Carolyn zurückgelassen hatte. Sie zog sich das Kleid an, legte die bereits auf dem Teller liegende Schallplatte auf und lauschte noch einmal »Autumn Leaves«. Dabei sah sie sich im Spiegel an, lächelte und dachte an Robert Kincaid, der sie leidenschaftlicher geliebt hatte, als sie sich je hätte vorstellen können, geliebt zu werden.

Es war Zeit für ihren Spaziergang. Sie zog das Kleid wieder aus, schlüpfte in eine Jeans und eine Baumwollbluse und ging wieder nach unten. Ein flüchtiger Blick auf den Kalender erinnerte sie daran, dass sie bald Geburtstag hatte.

Und während sie vor ihrem Spiegel posierte, fuhr Robert Kincaid auf den Pazifischen Ozean zu und näherte sich ihr, lässig am Steuer seines kleinen Lasters sitzend und dabei die Landschaft betrachtend und mit einem Hund namens Highway redend. Als er die Küste erreichte und nach Süden abbog, rieb sich Kincaid, der sich einmal Fotograf und Autor genannt hatte, seinen schlimmen Fußknöchel und wünschte sich wieder einmal mit einer unvorstellbaren Inbrunst all die Dinge herbei, die nie eingetreten waren.

DRITTES KAPITEL

Carlisle McMillan

Die verschlungenen Wege und Serpentinen seines etwas ungewöhnlichen Lebens hatten Carlisle McMillan in den Yerkes County im westlichen South Dakota geführt. Der gewundene Pfad, der ihn an diesen entlegenen Ort gebracht hatte, und die bemerkenswerten Ereignisse, in die er verwickelt werden sollte und die unter dem Namen »The Yerkes County War« bekannt wurden, bieten genug Stoff für eine eigene Geschichte, die jedoch ein andermal zu erzählen ist.

An dieser Stelle reicht es zu sagen, dass Carlisle McMillan ein erstklassiger Zimmermann war, der sein Handwerk von einem alten Mann in Nordkalifornien gelernt hatte. Als er vom Stadtleben die Nase voll hatte und es leid war, mit anzusehen, wie seine handwerklichen Fähigkeiten und seine Selbstachtung bei der Arbeit in irgendwelchen wild zusammengewürfelten Wohnsiedlungen vor die Hunde gingen, hatte Carlisle seine Ersparnisse zusammengekratzt und sich ziellos auf den Weg durch die Vereinigten Staaten gemacht. Im Yerkes County fand er schließlich, was er gesucht hatte: einen Ort, der so weit wie möglich von jener auf ihn einstürmenden Welt entfernt war, die er nicht verstand und die zu verstehen er sowieso nicht das geringste Interesse hatte. Sein erstes Jahr in South Dakota verbrachte er damit, ein altes Haus wieder herzurichten, das von fast zwölf Hektar Land umgeben war und etwa achteinhalb Meilen nördlich von einer Stadt lag, die hier Salamander genannt werden soll.

Wie in den meisten Fällen war sein Leben mindestens so stark von Zufällen geprägt wie von Zielgerichtetheit und von unerwarteten Zwischenfällen so stark wie von geplanter Weitsicht. Eine Entscheidung hier, eine andere dort. Einige von ihnen im Rückblick gut, andere schlecht. Und die Resultate seiner Entscheidungen geprägt von einer Mischung aus vernunftgeleiteter Anstrengung und unvorhersehbaren Ereignissen, die ihn an Tagen heimsuchten, an denen er am wenigsten mit ihnen gerechnet hatte. Mit anderen Worten, das Geschlinger und Geschüttel eines ganz normalen Lebens. Oder mit noch anderen Worten: Ungewissheit.

Und er hatte von Anfang an mit einer größeren Ungewissheit leben müssen als die meisten anderen Menschen. Er war vor fünfunddreißig Jahren als uneheliches Kind einer Frau namens Wynn McMillan und eines Mannes zur Welt gekommen, dessen Familiennamen seine Mutter entweder nie gekannt oder den sie schlicht vergessen hatte. Auf der Grundlage der dürftigen Erinnerungen und Erzählungen seiner Mutter hatte er sich nur ein sehr vages und unklares Bild von seinem Vater machen können.

In den Fantasien seiner Jugend, und sogar noch Jahre später, sah er den Mann nur als eine dunkle, gestochen scharfe Silhouette auf einem Motorrad, und zwar auf einem von diesen Choppern, mit denen man auch große Entfernungen zurücklegen kann. Die Silhouette wurde von der untergehenden Sonne angestrahlt, heizte südlich von Carmel den Küsten-Highway entlang und überquerte da, wo der Pazifik sich tief in die Klippen hineingefressen hatte, eine hohe Brücke. Und die Frau auf dem Rücksitz? Die die Arme um seine Taille geschlungen hatte und deren Haare im Fahrtwind wehten? Das war die Mutter von Carlisle McMillan, vor einer langen Zeit.

Sie und der Mann waren nur für ein paar wenige Tage zusammen gewesen, doch die wenigen Tage hatten gereicht. Gereicht, um einen kleinen Jungen zu zeugen, der Carlisle genannt wurde.

Sie erinnerte sich daran, wie der warme Sand, auf dem sie mit ihm gelegen hatte, ihr den Rücken gewärmt hatte. Das hatte sie nie vergessen: wie warm der Sand im späten September gewesen war. Und sie erinnerte sich an seine merkwürdige, in sich gekehrte Art. Fast eine geisterhafte Art, und einige seiner sonderbaren Eigenschaften erkannte sie später in ihrem Sohn wieder. Der Mann, sagte sie, hatte sich bewegt wie eine Möwe, geheime Dinge gewusst und leise Musik aus einer fernen Vergangenheit gehört, die nur er selber kannte. Dennoch, sein Familienname war ihr entfallen. Sie glaubte, dass er ihr den Namen einmal gesagt hatte, aber sie hatten abends an einem Feuer gesessen, gerade erst so richtig zu leben begonnen und selbst gebrautes Bier getrunken. Jedenfalls konnte sie sich nicht an den Namen erinnern.

Einmal hatte sie gesagt: »Namen schienen uns damals unwichtig. Ich weiß, dass du das nur schwer verstehen kannst, Carlisle, aber so war in jenen Tagen nun einmal unser Lebensgefühl. Heute tut es mir Leid, mehr für dich als für mich.«

So begann ihre Geschichte. Sie hatte sie ihm erzählt, als er zwölf war; sie hatten vor ihrem Mietshaus in Mendocino auf der Treppe gesessen. Sie hatte die Arme um den dünnen, zurückhaltenden Jungen gelegt und beim Erzählen ihren Kopf gegen seinen gelehnt, wobei sich der Duft ihrer frisch gewaschenen Haare deutlich von dem sonstigen Gemisch mütterlicher Gerüche abhob. Er hörte zu und liebte sie für die Aufrichtigkeit, mit der sie ihm alles erzählte; für das Glück, das sie darin gefunden hatte, ihn auf die Welt gebracht zu haben, und liebte sie sogar für die prickelnden Zwischentöne, in denen diese mystische sexuelle Hingabebereitschaft mitschwang, mit der sie über den Mann redete. Natürlich konnte Carlisle sich in seinem Alter nicht vorstellen, was es damit auf sich hatte, und erst recht nicht, dass seine Mutter an derartigen Dingen beteiligt war.

All dies war gut, ihre Aufrichtigkeit und ihre mütterliche Zuwendung, und doch reichte es ihm nicht. Insgeheim wünschte Carlisle sich damals einen Vater, einen Mann, der ihm die beruhigende Gewissheit vermitteln konnte, dass all die unberechenbaren und mächtigen Gefühle, die ihn innerlich aufwühlten, sich möglicherweise doch noch zu einem sinnvollen und nützlichen Ganzen verbanden und ihn einen richtigen Mann werden ließen.

Für lange Zeit war er wütend gewesen. Wütend über die Ungewissheit und über Wynn McMillan, die sich unüberlegt mit irgendeinem dahergelaufenen Typen gepaart hatte, der anschließend durch die sich färbenden Bäume eines lange zurückliegenden Herbstes in Richtung Norden abgehauen und einfach verschwunden war. Es hatte ihn einige Zeit und einiges Nachdenken gekostet, doch schließlich hatte er halbwegs seinen Frieden mit alldem gemacht. Na ja, jedenfalls mit fast alldem.

Seine Mutter und der Mann waren im Herbst 1945 zusammengekommen, der Zweite Weltkrieg war gerade vorbei. Alles war irgendwie in einem beschwingten Umbruch begriffen, beflügelt vom süßen Duft des Sieges. Viele Menschen waren aus ihren Lebenszusammenhängen gerissen, und das Ausleben der Leidenschaften war außer Gebrauch gekommen. Wenn all das zusammenkam mit der unbeschwerten Sorglosigkeit des unkonventionellen Lebensstils in Big Sur, mit all den Dichtern und Künstlern, unter denen sich auch Henry Miller befand, der gerade aus Paris zurückgekehrt war und die Straße von Partington Ridge entlangschlurfte und seine Wasserfarben anrührte, wenn also all das zusammenkam, dann konnte man es verstehen. Und so war Carlisle im Alter von dreißig Jahren zu dem Schluss gekommen, dass er sich vermutlich auch nicht anders verhalten hätte.

Doch es blieb diese Ungewissheit, das Gefühl, unvollständig zu sein, und der Drang zu wissen, welche besonderen Gene in ihm schlummerten und woher sie kamen. Einige Leute sagten, dass er indianische Züge hätte, die Wangenknochen und die auffällige Nase und sein langes braunes Haar, um das er sich gelegentlich wie die Apachen ein rotes Tuch band. Diese Idee gefiel ihm irgendwie ganz gut, obwohl er keine Möglichkeit hatte herauszufinden, ob er wirklich indianischer Herkunft war. Wenn die Leute ihn fragten: »Hast du indianisches Blut?«, schwieg er, zuckte mit den Schultern und überließ es ihnen, ihren Schluss daraus zu ziehen.

Und da war dieses Klopfen. So nannte er es. Es hatte schon früh begonnen und ihn über Jahre begleitet. Irgendwie kam es von hinten und ganz weit unten, Quelle unbekannt. Wie gemorste Signale, schwach und entfernt, möglicherweise von den Spiralen seiner DNA ausgesandt, die immer dann kamen, wenn in ihm Stille herrschte, wobei er die Signale mehr fühlte als hörte. Als ob irgendetwas Pelziges im Bahnhof einer Geisterstadt auf der Tastatur des Telegrafen herumspielte.

Klopf... Pause... Klopf... Pause... Klopf, Klopf...

Wiederholung der Sequenz. Das war das eine Muster; es gab auch andere.

Am Anfang konnte er nichts mit den Signalen anfangen, sie schienen ihm schimärenhaft, doch dann stellte er sich vor, dass sein Vater ihm eine verborgene Botschaft durch seine Blutbahnen sandte. Er stellte sich das so vor: *Mein Vater als Mensch weiß nicht, dass ich existiere, aber sein genetischer Code weiß es, weil er ja auch ein Teil von mir ist. Der genetische Code weiß, dass ich existiere, also weiß er, dass ich existiere. Ich bin Teil von ihm und trage seinen genetischen Bauplan in mir. Also weiß auch er in irgendeiner Art und Weise, dass ich existiere.* Die Logik war zwar etwas krude, aber wenn er sie nicht zu breit auswalzte, machte sie durchaus Sinn.

Und so glaubte Carlisle, dass sein Vater irgendwo hinter ihm war, und hörte zu, wenn die Signale begannen. Er hörte angestrengt zu und antwortete ihnen. »Wer bist du, Mann? Verdammt, stell ein bisschen lauter, bleib noch da. Erzähl mir von dir, damit ich mehr über mich selber erfahre. Was ist das, was ich weiß und von dem ich nicht weiß, dass ich es weiß?« Doch die Signale waren nur sehr schwach und verstummten fast sofort wieder, und danach fühlte er sich immer ein wenig verlassen und tat sich selber ein bisschen Leid.

Statt eines Vaters, der da war, aber doch nie da war, und an Stelle eines Stiefvaters, zu dem er nie eine Beziehung aufgebaut hatte, hatte Carlisle einen älteren Tischler namens Cody Marx kennen gelernt, der sein

Ersatzvater geworden war. Von Cody Marx hatte Carlisle nicht nur sein handwerkliches Geschick, sondern auch seine Lebenseinstellung, seinen Antrieb, alles richtig zu machen. Erledige alles, was du anpackst, so perfekt wie möglich, pflegte Cody zu sagen.

Ein Jahr, nachdem er sich im Yerkes County niedergelassen hatte und mit seinem Haus fast fertig war, setzte er sich an einen kleinen Tisch auf Böcken, den er sich aus Holzabfällen gebaut hatte, und schrieb einen Brief an seine Mutter.

14. Oktober

Hallo Wynn,
ich hoffe, es geht dir gut. Hast du neue Cello-Schüler? Arbeitest du noch in der Kunstgalerie? Das Haus ist wirklich hübsch geworden, was ich wie immer Codys guter Schule zu verdanken habe, und ich habe auch sonst ein bisschen Arbeit gefunden. Na ja, mehr als nur ein bisschen – jede Menge sogar. Es gibt hier viele alte Häuser mit gut erhaltenem Holzgebälk, und die meisten Farmer bevorzugen Metallkonstruktionen und überlassen mir das Holz gerne, wenn ich es ihnen nur abmontiere und es anschließend zusammen mit dem anfallenden Schutt fortschaffe. Auf die Weise komme ich an eine Menge gutes altes Holz.

Auch wenn ich schon seit Jahren gedroht habe, es zu tun, scheint es mir jetzt wirklich an der Zeit, mich auf die Suche nach einer Spur meines Vaters zu machen. Ich weiß, es ist eine Ewigkeit her, aber bitte versuch es noch einmal, grabe in deiner Erinnerung! Alles, was dir einfällt, kann mir helfen. Hat er gesagt, wohin er wollte, als er Big Sur verlassen hat? Weißt du noch, was für ein Motorrad er gefahren ist? Du hast einmal erwähnt, dass er während des Zweiten Weltkrieges beim Militär war. Weißt du noch, bei welcher Waffengattung?

Richte Mrs. Marx einen Gruß von mir aus, wenn du sie siehst. Ach, und da fällt mir noch ein – hast du wirklich einmal Henry Miller getroffen?

In Liebe
Carlisle

VIERTES KAPITEL

Wieder unterwegs

Die Gummireifen summten auf dem Asphalt, und die Bäume flitzten vorbei, als ob sie sich bewegten und Harry stillstünde. Es war ein gutes Gefühl, wieder auf der Straße zu sein, auch wenn die Stratuswolken alles verdüsterten und ein leichter Regen niederging.

In einem Nationalpark, der direkt nördlich an den Columbia River grenzte, hielt Robert Kincaid an. Sein schlimmer Fußknöchel war in den vergangenen zwei Stunden immer steifer geworden und brauchte dringend etwas Bewegung. Highway sprang aus dem Wagen, beschnüffelte das Gras, die Bäume und die Picknicktische und hob das Bein, um ein Territorium zu markieren, das er nie wiedersehen würde.

Robert Kincaid ging langsam über das nasse Gras, bückte sich, massierte den Knöchel und spazierte ein bisschen weiter umher, bis die Versteifung nachließ und der Knöchel sich wieder fast normal anfühlte. Nach fünfzehn Minuten Pause gab er Highway mit einem Pfiff zu verstehen, dass es Zeit war, aufzusatteln und weiterzuziehen. Er öffnete die Beifahrertür, ließ den Hund in den Wagen springen, ging vorne herum zur Fahrertür und stieg mit seinen langen Beinen wie in den fast drei zurückliegenden Jahrzehnten mühelos in den Pick-up. Wenn da nicht dieser verdammte Fußknöchel gewesen wäre und diese plötzlichen Schwindelanfälle, die ihn seit ein paar Monaten gelegentlich überfielen, hätte er sich so gut gefühlt wie vor zwanzig Jahren; schließlich war er dank seines regelmäßigen Sports und seiner ausgewogenen Ernährung immer noch schlank und kräftig.

Zunächst hatte er die Schwindelanfälle ignoriert und sie auf einen kleinen Rückfall dieser Infektion zurückgeführt, die er sich vor ein paar Jahren in Indien eingefangen hatte, ein Virus, der das Innenohr befiel. Damals hatte er in einem Dorf südlich von Mysore vier Tage im Bett gelegen und unter einem derart schlimmen Schwindel gelitten, dass er nicht einmal aufstehen und sich zu dem Loch im Fußboden schleppen konnte, das als Toilette gedient hatte.

Vor zwei Monaten hatte er in Seattle auf dem Untersuchungstisch eines Arztes gesessen, der die Hände in die Taschen seines weißen Kittels gesteckt und ihn ernst angesehen hatte. Seitdem er sich vor neun Jahren den Knöchel gebrochen hatte, war er nicht mehr beim Arzt gewesen.

»Ich kann nicht sicher sagen, woher Ihre Schwindelanfälle rühren. Es könnte Labyrinthitis sein, was möglicherweise tatsächlich die Krankheit war, die Sie sich damals in Indien geholt haben. Aber Ihr Problem aus Indien scheint sich ja schon vor Jahren erledigt zu haben, und Ihre neuen Symptome kommen in unregelmäßigen Abständen und verschwinden wieder, was mich eher vermuten lässt, dass etwas mit Ihrem Kreislauf nicht in Ordnung ist. Für einen Mann Ihres Alters haben Sie ein exzellentes Gewicht, und alles in allem scheinen Sie in bester körperlicher Verfassung zu sein, aber, um Gottes willen, hören Sie mit dem verdammten Rauchen auf. Das muss an allererster Stelle stehen. Wird der Schwindel von irgendwelchen Schmerzen begleitet?«

»Kaum der Rede wert«, sagte Robert Kincaid. »Manchmal ein leichtes Ziehen in der Brust.«

»Wir müssten einige Tests durchführen, um etwas genauer herauszufinden, wo Ihr Problem liegt. Vielleicht leiden Sie an irgendeiner Art von Angina, die für sich selbst genommen gar keine Krankheit ist, sondern eher eine Reihe von Symptomen verursacht, die aber oft einen drohenden Herzinfarkt ankündigen, dem irgendein anderes Problem zu Grunde liegt.«

Robert Kincaid knöpfte sein Hemd zu und dankte dem Arzt.

»Also, wie verfahren wir weiter?«

»Gar nicht. Ich hätte Sie nicht belästigen sollen.«

»Gar nicht?«, wiederholte der Arzt. »Ich könnte Ihnen wahrscheinlich helfen, aber ich brauche weitere Testergebnisse.«

Robert Kincaid hatte weder das Geld für weitere Untersuchungen, noch hatte er irgendein Interesse daran. Das Leben kam und ging – so sah er die Dinge. Für einige war es kurz, für andere länger, und der wahre Weg lag irgendwo zwischen ängstlichem Dauergeflenne und einem Kamikazesturzflug.

Während des Zweiten Weltkrieges war er dem Tod als Kriegsfotograf auf den Schlachtfeldern im Pazifik mehrere Male ziemlich nahe gekommen. In seiner Hütte hing ein Foto aus diesen Tagen an der Wand. Er hatte es 1943 an einem Novembermorgen um kurz nach neun Uhr gemacht, und es zeigte eine Gruppe Marines, die von einem Landungsboot die im Tarawa-Atoll gelegene Betio Island erstürmte. Den Befehlen folgend (»Verdammt, wir wollen Bilder davon, wie sie an Land gehen!«), hatte er sich der allerersten Angriffswelle angeschlossen und sich noch vor den anstürmenden Soldaten in die Brandung gestürzt. Ihr Higgins-Boot hing auf einem Riff fest, und er war, die Filme in wasserdichten Taschen verpackt und die Kamera hoch über sich haltend, dreihundert Meter vor der Küste von Bord gegangen. Sie wollten den Beach Red One erstürmen. Die meisten hatten es nicht einmal bis zum Strand geschafft.

Überall war das Geknatter der Maschinengewehre gewesen und um ihn herum die aufspritzenden Wasserfontänen der explodierenden Mörsergranaten und der Kugeln der Fünfundsiebzig-Millimeter-Feldgeschütze. Und auf den Fotos dieser Blick in den Gesichtern der Soldaten, die da, ihr Gewehr über dem Kopf haltend, auf den Strand zuwateten: der starre Schrecken junger Männer in erbärmlicher Todesangst, die unendlich weit weg von zu Hause waren und von denen die meisten sterben würden. Auf Betio Island, knapp 120 Hektar mit Bunkern aus Beton und Kokosholz zugepflasterter Korallensand, hatte die Second Marine Division in nur drei Tagen nahezu dreitausend Gefallene zu beklagen. Gegen Ende des ersten Tages war sein junger Assistent, ein Farmerjunge aus Nebraska, der direkt neben ihm im Sand gekniet und gerade einen neuen Film in die Kamera eingelegt hatte, von der Kugel eines Scharfschützen erwischt worden und, ohne einen Laut von sich zu geben, nach hinten gekippt; die Kugel hatte ihn genau in die Stirn getroffen.

Als Robert Kincaid die Arztpraxis verlassen hatte, war er zu seinem Pick-up gegangen, eingestiegen und hatte sich erst einmal eine Camel angezündet. Er hatte den Kopf mit seinem wie immer zerzausten grauen Haar aufs Lenkrad gestützt und laut gesagt: »Scheiß auf die Schwindelanfälle.« Dann hatte er sich aufgerichtet und Harry gestartet und dabei an e. e. cummings und dessen Zeilen über die Ärzte und die anderen Universen denken müssen, die es da draußen gab, und beim Verlassen des Parkplatzes hatte er leise in sich hineingelacht.

Er wusste, dass er ein Anachronismus war, jemand, der nicht in die Zeit passte, in der er lebte. Ein Überbleibsel dessen, was einmal war, und, so wie die Dinge heute lagen, ohne jeden Zweck und jede Funktion. Er hatte eine Foto-Fachzeitschrift und eine Lokalzeitung abonniert, doch das Fernsehen war ihm immer wie etwas von einem anderen Stern vorgekommen. Als er sich vor zwei Jahren in Seattle in einem Kaufhaus eine neue Jeans gekauft hatte, war er kurz in der Elektronikabteilung stehen geblieben und hatte für ein paar Minuten eine Spielshow verfolgt, die dort gleichzeitig über zweiunddreißig Bildschirme unterschiedlichster Größe geflimmert war. Er hatte dort gestanden und ungläubig auf die Schirme gestarrt, als ob er aus einem langen Dornröschenschlaf erwacht und mitten in eine mit lautem Geheul auf ihn einstürmende, ihm völlig fremde Welt katapultiert worden wäre.

Ein Angestellter der Abteilung war auf den Mann mit den orangefarbenen Hosenträgern zugetreten und hatte ihn höflich gefragt, ob er einen Fernseher kaufen wolle, wobei er nicht vergaß, darauf hinzuweisen, dass es auf die Zweiundsechzig-Zentimeter-Modelle gerade zwanzig Prozent Rabatt gebe. Kincaid drehte sich um und starrte den Verkäufer an. Er fühlte sich desorientiert und hatte den Eindruck, als ob der junge Mann, der da zu ihm sprach, durch irgendwelche nicht sichtbaren Drähte mit den Bildschirmen verbunden und von den Apparaten selbst zu ihm geschickt worden war. Hinter ihm begann das Spielshow-Publikum laut zu schreien, offenbar feuerte es die Spielteilnehmer an.

Der Verkäufer sah zu den Bildschirmen und sagte: »Bei diesen Spielshows können Sie einen Haufen Geld und allen möglichen anderen Kram gewinnen.«

Kincaid rang nach einer Antwort, doch ihm fiel

nichts ein. Er stürmte davon und dachte, wie vollkommen anders all dies doch war als etwa seine Reise ins ewige Eis, als er mit einem Speer in der Hand in der Kälte gebibbert hatte; die Reise erschien ihm wie aus einem anderen Leben. Aber die Kälte war natürlich und real gewesen, im Gegensatz zu jener Kälte, die er ständig auf den Gesichtern sah, die ihn umgaben, und der Kälte, die von dem fortwährenden Gedröhne des städtischen Straßenverkehrs ausging. Als er das Kaufhaus verließ, kamen ihm auf dem Bürgersteig drei lärmende junge Männer entgegen. Einer von ihnen hatte eines von diesen tragbaren Musikgeräten in der Hand, die anderen beiden trugen die dazugehörigen Lautsprecher. Die Musik war laut und in seinen Ohren nichts als unverständlicher Krach. Auf dem Rückweg zu der Insel im Puget Sound, auf der er lebte, stand er vorne am Bug der Fähre und ließ sich den scharfen Wind und den Regen ins Gesicht peitschen.

∽

Am späten Nachmittag überquerte Robert Kincaid bei Astoria, Oregon, den Columbia River. Das Wetter hatte sich inzwischen gebessert. Unter dem langen Brückenbogen zogen die Schiffe gen Ozean oder den Fluss hinauf, ein endloser Handelsstrom unter den Rädern eines siebenundzwanzig Jahre alten Pickups namens Harry.

»Hier bin ich schon mal mit einem Motorrad langgefahren, Highway«, sagte er zu dem Hund, der neben ihm auf dem Beifahrersitz döste. »Richtung Norden.« Highway richtete die Ohren auf und sah ihn wissend an.

»Das war 1945. Die Brücke gab es damals noch nicht, und ich musste mit der Fähre von Oregon nach Washington übersetzen. Die Maschine war eine wunderschöne Ariel Square Four, lag auf der Straße wie eine Hand auf einem Babypo, egal, ob man im Leerlauf war oder richtig aufgedreht hat. Ich hab sie mir von einem Teil meiner Abfindung gekauft, die ich gekriegt habe, als ich die Marines verlassen habe. Ich wünschte, ich hätte sie nie verkauft. Ich kam aus Big Sur und war auf der Suche nach einem Ort, an dem ich mehr oder weniger Wurzeln schlagen und wieder arbeiten konnte. Das war vor deiner Zeit, Highway, und ich war damals noch jung, sehr jung, um genau zu sein.«

Er fand ein kleines Lebensmittelgeschäft und kaufte etwas Obst und Brot, Käse und ein bisschen gemischtes Gemüse, was jener schlichten und preiswerten Kost entsprach, von der er sich seit Jahrzehnten ernährte. Die Kassiererin sah gelangweilt an die Decke, während er die Münzen aus seiner Kaffeekanne zusammensuchte und exakt vier Dollar und dreiundsechzig Cents abzählte.

Der Manager eines drittklassigen Motels, der eine zerknitterte Cordhose und ein Flanellhemd trug und einen sprießenden Dreitagebart hatte, hatte nichts gegen einen Hund im Zimmer einzuwenden, sofern er sich vernünftig benahm. Kincaid versicherte ihm, dass Highway besser erzogen sei als die meisten Menschen.

»Das hat nicht viel zu sagen, Mister«, erwiderte der Manager, »und möglicherweise ist es für Ihren Hund sogar eine Beleidigung. Wenn Sie eine Zeit lang ein Motel wie dieses führen, kriegen Sie einen ziemlich miesen Eindruck vom Zustand der Menschheit.« Er schleuderte einen Schlüssel über den Tresen. »Vorne durch die Eingangstür und dann links.«

Robert Kincaid war wieder auf der Straße und einsam wie immer, begleitet nur von seinem Hund. Das Abendessen nahmen sie im Zimmer ein und schwiegen sich dabei an. Nichts als das Knirschen beim Zermahlen des Hundefutters und das Geräusch des Käse schneidenden Messers. Später gingen sie ein wenig am Ufer spazieren und beobachteten den Schiffsverkehr auf dem Fluss. Highway interessierte sich vor allem für rostige Benzinkanister und herumliegende Seilfetzen. Harry stand vor dem Motel auf einem Parkplatz mit dreißig Plätzen; es war das einzige Auto auf dem Parkplatz.

Wieder im Zimmer legte Kincaid sich auf den Boden und wehrte Highways Versuche ab, ihm das Gesicht zu lecken. Er machte ein paar Beinübungen und danach dreißig Push-ups. Ein bisschen außer Atem schlüpfte er anschließend in ein T-Shirt und eine kurze Hose, rieb sich Tigerbalsam auf seinen schlimmen Fußknöchel und legte sich mit *Die grünen Hügel Afrikas* ins Bett. Highway machte es sich neben ihm auf dem Fußboden bequem.

Der Bettüberwurf hatte ein Loch. Kincaid hob ihn kurz hoch, fixierte durch das Loch einen Fleck an der Tapete und widmete sich wieder seinem Buch. Gerade als der Bwana sich in Afrika einer Viehtränke näherte, wurde er von einem behutsamen Klopfen an der Tür hochgeschreckt, das Highway ein Knurren entlockte. Er stand auf und fragte, wer da sei.

»Ich bin's, Jim Wilson, der Manager.«

Kincaid zog sich seine Jeans an und öffnete die Tür.

Jim Wilson hielt zwei Flaschen Bier hoch. »Heute Abend ist absolut nichts los. Ich dachte, Sie hätten vielleicht Lust auf ein spätes Bier und einen kleinen Plausch. Falls ich Sie störe, sagen Sie's mir einfach, dann verzieh ich mich wieder und bin Ihnen bestimmt nicht böse.« Er sah zum Bett. »Oh, entschuldigen Sie, offenbar haben Sie schon in den Federn gelegen.«

»Ich habe nur ein bisschen gelesen«, erklärte Kincaid, machte die Tür ganz auf und tätschelte Highway den Kopf. Der Hund war immer noch misstrauisch und hatte sich leise knurrend neben ihm aufgebaut. »Schhhh, ist schon gut, alter Knabe.«

Jim Wilson öffnete die Bierflaschen mit einem Dosenöffner und reichte Kincaid eine. Dann lehnte er sich mit dem Rücken gegen die Tür und ließ sich langsam hinabgleiten, bis er auf dem abgetretenen Teppich hockte. Kincaid setzte sich auf den einzigen vorhandenen Stuhl, der beim Hinsetzen knatschte und dessen kastanienbraunes Vinyl auf dem Sitz und an der Rückseite eingerissen war. Highway saß neben dem Kopfende des Bettes und starrte Wilson an. Schließlich streckte er alle viere von sich und legte den Kopf auf die Pfoten, behielt Wilson aber weiter aufmerksam im Visier.

Der Manager hob sein Bier. »Auf bessere Tage.«

Kincaid hob sein Bier ebenfalls und prostete ihm zu.

»Wohin sind Sie unterwegs, wenn Sie die Frage gestatten?«

»Oh, ich fahre nur ein bisschen ziellos durch die Gegend. Mir ist zu Hause die Decke auf den Kopf gefallen, da hab ich mich ins Auto gesetzt, um ein bisschen herumzufahren.« Er nippte an seinem Bier und zündete sich eine Camel an. Obwohl er von Natur aus nicht übermäßig misstrauisch war, blieb er immer vage, wenn jemand von ihm wissen wollte, woher er kam oder wohin er wollte. Es war jene Art von Vorsicht, die man sich in den weniger besiedelten Orten dieser Welt angewöhnt, wo die Preisgabe derartiger Informationen schnell für eine böse Überraschung sorgen kann.

Der Manager fragte, ob er eine Zigarette schnorren könne. Kincaid warf ihm erst die Packung zu und dann sein Zippo-Feuerzeug.

Wilson zündete sich die Zigarette an und ließ den Daumen über die zerkratzte Oberfläche des Zippos gleiten, wobei ihm die eingravierten und kaum noch lesbaren Initialen *RLK* ins Auge fielen. »Sieht aus, als ob Sie das Feuerzeug schon etwas länger hätten.«

»Hab es in den vierziger Jahren in Manila in einem

Post Exchange gekauft, bevor ich nach dem Krieg aufs Schiff gegangen bin, um nach Hause zu fahren.«

»Ich hab den Krieg um ein paar Jahre verpasst.« Wilson warf das Feuerzeug und die Zigarettenpackung zurück. »War gerade alt genug für Vietnam. Darauf hätte ich aber auch gut und gerne verzichten können. Vermisst hätte ich jedenfalls bestimmt nichts.«

Jim Wilson sah müde aus, er hatte Säcke unter den Augen und steckte in einem abgetragenen, zu großen Overall, der genau wie der Motelteppich mit Flecken übersät war. Obwohl er sicherlich fünfundzwanzig Jahre jünger war als Kincaid, sah er älter aus als dieser. Ein starker Trinker, dachte Kincaid.

Als Erstes fragte Wilson, was alle ehemaligen Soldaten einander fragen. »Welche Uniform haben Sie getragen?«

»Bin ein bisschen herumgereicht worden, die meiste Zeit war ich bei der Second Marine Division. Pazifik. Kriegsfotograf.«

»Im Ernst? Ich hab nie einen Kriegsfotografen kennen gelernt. In Vietnam sind mir ein paar über den Weg gelaufen, hab aber nie näher mit einem zu tun gehabt. Einige von ihnen waren ganz schön waghalsig, haben ihren Arsch mehr riskiert als die normalen Soldaten.«

Kincaid schwieg und nippte erneut an seinem Bier.

»Und? Alles gut überstanden?« Wilson sah ihn an. »Keine Kriegsverletzungen oder sonst irgendwelche Folgen?«

»Ich hatte Glück. Anders kann man es wohl nicht nennen.

Ich hab an der linken Seite einen Splitter von einem Schrapnell abgekriegt, direkt unter den Rippen. Hat sich reingebohrt und ist ein paar Zentimeter weiter wieder rausgeschossen. Die Ärzte hatten Besseres zu tun, als sich um meinen Kratzer zu kümmern, also haben sie mir ein bisschen Sulfonamid in die Löcher gekippt, mich in fünf Minuten notdürftig zusammengeflickt und sind mit ihrem Morphium und ihren Aderpressen weiter über den Strand gezogen. Nach einer Woche war ich wieder okay. Hab nicht mal ein Verwundetenabzeichen gekriegt.« Er lachte einmal kurz auf, strich sich, ohne groß darüber nachzudenken, über die alte Wunde und fühlte die Narben unter seinem T-Shirt.

Der Manager streckte ihm beide Beine entgegen, zog dann ein Knie zu sich heran und legte die Arme auf das angewinkelte Bein; die Bierflasche baumelte in seiner rechten Hand. »Ich war, Gott sei Dank, beim Nachschub stationiert, deshalb war Vietnam für mich nicht ganz so schlimm. Hab vor allem in Saigon rumgehangen, Volleyball gespielt und so weit es ging versucht, mir keine Geschlechtskrankheiten einzufangen. Hab einfach meinen Dienst abgerissen und die Tage gezählt. Verdammt, einigen von den Soldaten an der Front ist da draußen im Dschungel ganz schön der Arsch aufgerissen worden. Da, wo Sie waren, war es bestimmt auch nicht gerade gemütlich.«

»Nein, gemütlich war es bestimmt nicht. Wenn die

Japaner einen nicht umgenietet haben, hat einem die Malaria zu schaffen gemacht oder irgendein anderer tropischer Höllenkram, der tausendfach auf einen lauerte. Für einige von den Jungs war es wirklich schlimm, verdammt schlimm. Diese Strände hinaufzustürmen und gegen einen tief eingegrabenen Feind anzurennen, nur den Gedanken im Kopf, bloß so schnell wie möglich vom Strand wegzukommen und sich in Deckung zu werfen. Und nicht zu vergessen, all diese Jungs waren noch kurz vorher Autoverkäufer gewesen oder Farmer oder Kfz-Mechaniker.«

»Was haben Sie gedacht, als Harry S. Truman den Japsen die Höllenbombe geschickt hat?«

Kincaid schwieg einen Moment, sah erst sein Bier an und dann Jim Wilson. »Einige von uns, wahrscheinlich sogar die meisten, waren drei Jahre da draußen. Es gibt Fotografen und Journalisten, die mögen den Krieg, was wahrscheinlich damit zu tun hat, dass sie sich selbst beweisen wollen, was in ihnen steckt, indem sie sich mehr oder weniger bewusst bestimmten Risiken aussetzen ... Ich konnte mit so einer Einstellung nie etwas anfangen, das kann ich Ihnen schriftlich geben. Und ich für meinen Teil habe diesem ganzen Geschäft nie auch nur einen Hauch von Abenteuer abgewinnen können.«

Er nahm einen großen Schluck von seinem Bier. »Die Japaner waren tapfere Soldaten. Was mich betrifft, ich hatte nicht das geringste Interesse daran, das Japanische Meer zu überqueren und mich direkt in den Rachen des Kaiserreichs zu stürzen. Ich wollte nur nach Hause und möglichst weit weg von dem großen Sterben. Den meisten der anderen Jungs ging es nicht anders, sie wollten um jeden Preis nach Hause.«

Er zuckte mit den Schultern, fixierte irgendeinen unbestimmten Punkt über Jim Wilsons Kopf und wartete, bis seine ausweichende Antwort sich zusammen mit dem Rauch ihrer Zigaretten verflüchtigt hatte.

Dann fuhr er mit fast flüsternder Stimme fort: »Ich kam nach Hause, kaufte mir ein Motorrad und fuhr damit runter nach Big Sur und dann die ganze Küste wieder hoch bis hierher, bloß um die schlimmen Bilder aus meinem Kopf zu vertreiben. Aber das ist sowieso unmöglich. Die Bilder bleiben klar und gestochen scharf in dein Gedächtnis eingemeißelt. Ebenso die Gerüche – Schießpulver und Wundbrand, Dieselqualm und brennendes Öl und Korallenstaub. Immer wieder heizt man in Amphibienfahrzeugen auf diese Strände zu und sitzt plötzlich auf einem Riff fest und weiß, dass einem nichts anderes übrig bleibt, als ins Wasser zu gehen. Wie Enten auf dem Teich, wie es damals bei uns hieß.«

Jim Wilson hatte genug von den Kriegsgeschichten und leitete auf ein anderes Thema über. »Big Sur ist wirklich schön. Ich war ein paar Mal da, als ich an der Universität von San Francisco gelehrt habe. Jede Menge Touristen, die sich mit ihren Wohnmobilen durch die Haarnadelkurven der Route 1 quälten. Hat bestimmt noch ein bisschen anders ausgesehen, als Sie damals dort waren.«

»Yeah, völlig anders. Damals haben dort höchstens so um die hundert Menschen dauerhaft gelebt. Aber es war natürlich ein ständiges Kommen und Gehen von Leuten aus aller Welt. Viele von ihnen gaben sich als Künstler oder Musiker aus. Habe dort allerdings nie viel Kunst gesehen oder gehört. Abgesehen von ein paar wenigen, die sich wirklich dem Schreiben oder anderen Dingen widmeten, wurde mehr über Kunst geredet als tatsächlich etwas zu Stande gebracht. Die ständigen Bewohner von Big Sur schienen mehr damit beschäftigt, irgendwie über die Runden zu kommen. Ich war allerdings nur ein paar Tage dort, deshalb habe ich vielleicht einen falschen Eindruck bekommen.«

Vielleicht war es das Bier, vielleicht auch der Abend oder einfach nur das schlichte Bedürfnis, mit einem anderen Menschen zu reden, was ihn bewog, fortzufahren und Dinge zu sagen, die lange in ihm geschlummert hatten und bisher noch nie gesagt worden waren. In dieser Hinsicht stellten Fremde keine Gefahr dar, und Jim Wilson wäre am nächsten Morgen, trotz allem, was er ihm offenbart hatte, nach wie vor ein Fremder, dem andere Teile fehlten, um zu einem Ganzen zusammenfügen zu können, was Kincaid für sich behielt. Außer Francesca Johnson, die fast alles wusste, was es zu wissen gab, hatte er immer nur einen kleinen Teil von sich preisgegeben, bevor er weitergezogen war.

Er fuhr sich mit beiden Händen durch die Haare, starrte einen Moment auf den Boden und sah dann wieder Jim Wilson an. »Ich habe damals in Big Sur eine junge Frau kennen gelernt, eine Cellistin. Einmal habe ich ihr Cello an einen einsamen Strand getragen. Wir gingen so etwa ein Meile in Richtung Norden am Wasser entlang und umrundeten eine Landzunge. Sie sagte, dass die Flut käme und wir dann an diesem einsamen Strand festsitzen würden und erst bei Ebbe zurück um die Landzunge könnten. Aber das war mir völlig egal, und ihr war es auch egal. Über den Krieg wollte sie nichts von mir wissen. Ihr Bruder war in Italien bei der Einnahme von Salerno gefallen, deshalb wusste sie einiges über den Schmerz und die Angst.«

Er hielt kurz inne und fuhr fort: »Wir blieben sehr lange an dem Strand. Sie spielte Cello – dazu das Tosen der brechenden Wellen und die schreienden Seevögel. Und die Schatten der Felsen wanderten über das Wasser und über den Strand, während sich der Tag allmählich dem Ende neigte. Sie hieß Wynn, ich erinnere mich genau. Eine hübsches Mädchen mit etwas ungewöhnlichen Zügen, höchstens zwanzig Jahre alt, wenn nicht noch jünger, und sie strotzte vor Lebenslust. Ich erinnere mich daran, wie ich da im Sand lag, ihrem Cellospiel lauschte – ich glaube, sie sagte, dass sie Schubert spielte – und an all das dachte, was ich in den Jahren zuvor gesehen hatte, und gleichzeitig versuchte, es aus meinem Hirn zu verbannen.«

Bevor er weiterredete, machte er eine weitere Pause. »Ich musste daran denken, dass das Wasser, das da zwanzig Meter vor mir auf den Strand schwappte, möglicherweise das gleiche Wasser war, das wir bei der Erstürmung des Tarawa-Atolls und aller möglichen anderen Orte durchpflügt hatten. Ich weiß nicht, wie lange sie spielte und wie lange ich dalag, eine Flasche Rotwein neben mir, und nachdachte und gleichzeitig versuchte, an gar nichts zu denken. Nach einer Weile, als die Sonne schon fast untergegangen war, lehnte sie das Cello gegen einen Fels und setzte sich neben mich in den Sand... Ich habe nie vergessen, wie warm der Sand war und wie sie sich zurücklehnte, sich auf ihre Arme stützte und zu mir herabsah. Ich habe etwas Treibholz zusammengesucht und ein Feuer gemacht, und wir haben die ganze Nacht an dem Strand verbracht.«

Wilson begriff, dass in dem schäbigen Motelzimmer offenbar eine Art Therapiestunde stattfand, dass dieser Kincaid nicht nur einfach eine Geschichte aus seinem Leben erzählte. Was genau dieser Mann da tat, war ihm auch nicht ganz klar, aber es war der Rückblick auf ein lange zurückliegendes, tief schürfendes Erlebnis. Das notwendige Zurückholen eines essenziellen Augenblicks, und sei es nur zu dem Zweck, die Erinnerungen wach zu halten, so wie Urbewohner um ein Lagerfeuer sitzen und sich gegenseitig Geschichten und Legenden erzählen, damit sie nicht in Vergessenheit geraten.

»Klingt so, als ob sie eine interessante Frau gewesen wäre.«

Kincaid griff nach seinem Bier und stieß dabei gegen den Lampenschirm. Zuckende Schatten huschten durch den Raum, und Highway sah alarmiert auf, beruhigte sich aber, als Kincaid den Lampenschirm festhielt und das Schattenspiel beendete.

»Wir sprachen darüber, ob ich nicht einfach in Big Sur bleiben sollte, und ich habe es auch ernsthaft in Erwägung gezogen, aber da draußen schien eine ganze Welt darauf zu warten, dass ich sie kennen lernte. Mir brummte der Kopf vor Plänen, was ich alles tun, sehen und erleben wollte. Nach dem Krieg war ich wie eine zusammengedrückte Sprungfeder, platzte vor Tatendrang – nicht die Spur von innerer Ruhe und Ausgeglichenheit. Ich hatte das Gefühl, dass mein Leben an mir vorbeirauschte, dabei gab es noch so viel zu sehen und zu tun.«

»Also haben Sie Big Sur nach ein paar Tagen den Rücken gekehrt?«

»Ja. Ich bin ziemlich überstürzt aufgebrochen, ich weiß. Es gab einen Moment, in dem sich alles in mir dagegen aufbäumte, sie zu verlassen. Ich stand abfahrbereit neben meinem Motorrad, und sie hatte sich in einer meiner Gürtelschlaufen eingehakt. Zehn Minuten später bin ich losgefahren, aber ich hatte dabei nicht das Gefühl, dass es wirklich vorbei war. Ich dachte, wir würden in Kontakt bleiben, uns auf jeden Fall wiedersehen. Jedenfalls versprachen wir uns das gegenseitig, und ich glaube, wir meinten es in jenem Augenblick wirklich ernst. Aber wie solche Geschichten immer ausgehen, machten uns die Zeit und die Entfernung einen Strich durch die Rechnung. Ich habe ihr zwei- oder dreimal geschrieben und ihr mitgeteilt, dass ich mich in der Gegend um Seattle niederlassen und mir dort ein Plätzchen zum Bleiben suchen wollte.

Aber sie war offenbar ebenfalls aus Big Sur weggegangen, und da ich damals häufig umgezogen bin, sind unsere Briefe, falls sie mir auch welche geschrieben haben sollte, wahrscheinlich irgendwo bei der Post untergegangen und in einer Kiste für unzustellbare Sendungen gelandet. Sie wusste genau, was sie wollte, und war für ihr Alter und die damalige Zeit eine ziemlich unabhängige Frau, deshalb gehe ich davon aus, dass sie das Richtige getan hat. Jedenfalls war sie damals genauso wenig wie ich reif für eine dauerhafte Beziehung. Mein Gott, ist das lange her, als ob es in einem anderen Leben gewesen wäre.«

Er machte eine Pause, atmete tief ein und ließ die Luft langsam entweichen. »Und Sie waren Professor an der Universität, sagten Sie?«

»Ja, ich habe neun Jahre lang Psychologie gelehrt. Konnte das akademische Leben aber nicht mehr ertragen, wenn man es überhaupt Leben nennen kann. Dieses sozialistische Gequatsche von Leuten, die dir heilige Philosophien über die Gleichheit der Menschen vorbeten und gleichzeitig die rigidesten Klassenstrukturen verteidigen, die überhaupt bei irgendeiner Berufsgruppe oder einer anderen sozialen Gruppe zu finden sind. Hab den Job hingeschmissen und mich ein paar Jahre irgendwie durchgeschlagen. Und schließlich bin ich in diesem Motel hier gelandet. Keine Ahnung, wie lange ich das noch weitermache.«

Jim Wilson, Motelmanager, stand auf und streckte sich. »Ich hau mich jetzt besser auch hin. In Nummer sechs ist ein Rohr geplatzt; wird mich morgen den ganzen Vormittag kosten, es zu reparieren. War nett, mit Ihnen zu reden. Übrigens hatten Sie recht: Ihr Hund kann sich wirklich besser benehmen als die meisten Menschen. Er kann hier jederzeit einchecken, ob in Ihrer Begleitung oder allein.« Er streckte Kincaid die Hand entgegen.

»Schlafen Sie gut. Ich fand's auch nett, mit Ihnen zu reden.« Kincaid schüttelte ihm die Hand und schloss hinter ihm die Tür. Dann legte er sich wieder ins Bett und nahm erneut sein Buch zur Hand. Der große Bwana untersuchte gerade an der Viehtränke Nashornspuren und bereitete sich darauf vor, ein oder mehrere Tiere abzuknallen. Kincaid legte das Buch weg und knipste die Nachttischlampe aus.

Als er später tief und fest schlief und einen wirren Traum hatte, in dem er in der alten Raffles-Bar in Singapur mit einem Seemann redete – einer Mischung aus wahrer Begebenheit und Fantasie –, baumelte sein Arm aus dem Bett. Highway leckte die Hand, die ihn versehentlich berührt hatte.

Draußen fuhr ein Schiff mit dem Namen *Pacific Vagabond* unter der Brücke hindurch und zog seinem Bestimmungsort entgegen. In seinem gewaltigen Frachtraum hatte sich unter anderem eine Ladung Fernseher aus Korea befunden, die unterwegs entladen und im hochmodernen Hafen des Tarawa-Atolls auf ein anderes Schiff verfrachtet worden war.

FÜNFTES KAPITEL

Die Suche

In South Dakota war tiefer Herbst eingezogen, und an einem stürmischen grauen Morgen hielt der Landpostbote vor einem Briefkasten, auf dem stand: *Carlisle McMillan, Route 3*. Vom Briefkasten führte eine etwa fünfzig Meter lange, staubige Zufahrt zu dem Anwesen, das immer noch »Hof des alten Williston« hieß. Nach alter Tradition wurden die Orte im ländlichen Amerika nach demjenigen benannt, der das Land als Erster bebaut hatte. Carlisle trug gerade etwas Holz um eine Ecke seines Hauses.

Der Postbote sah ihn und hupte einmal, um ihn darauf aufmerksam zu machen, dass ein Brief für ihn gekommen war. Dieser McMillan bekam nicht gerade oft Post, deshalb konnte es nicht verkehrt sein, ihn wissen zu lassen, dass es sich lohnte, in den Briefkasten zu gucken. Carlisle sah auf, winkte und kam die Zufahrt hinab. Der Postbote setzte seine Tour in Richtung Norden fort, zur Farm von Axel und Earlene Looker. Axel würde bestimmt an seinem Briefkasten lehnen und ihn bereits erwarten; er wartete auf seinen Scheck über den staatlichen Erntezuschuss. Genauso hatte er in den beiden vorangegangenen Tagen dagestanden und wie immer, wenn sein Scheck mit Verspätung eintraf, über die Ineffizienz der verdammten Regierungsstellen geschimpft.

Während er das Haus des alten Williston renoviert hatte, hatte Carlisle einen Partner gefunden. Als er etwa zur Hälfte fertig war, war eines Tages ein großer Kater aufgekreuzt und hatte beschlossen dazubleiben. Carlisle hatte das langhaarige Tier mit dem eingerissenen rechten Ohr und den gelben Augen aufmerksam angesehen, und der Kater hatte seinen Blick erwidert, war über Mittag und zum Abendessen geblieben und schließlich zu dem Schluss gekommen, dass es in Ordnung war, Haus und Dach mit Carlisle zu teilen.

»Na gut, Dicker, ich glaube, der Name Dumptruck passt ganz gut zu dir«, hatte Carlisle nach fünf Tagen festgestellt. »Wenn du also nichts dagegen hast, belassen wir es dabei.« Dumptruck hatte mit den Augen gezwinkert, Carlisle hatte zurückgegrinst.

Als er vom Briefkasten zurückkam, saß Dumptruck auf dem Geländer der Veranda. Sie gingen beide ins Haus, wo Dumptruck sofort an seinen Lieblingsplatz unter dem Holzofen flitzte, während Carlisle sich aus dem verbeulten Topf, den er im Goodwill Store in Falls City erstanden hatte, eine Tasse Tee einschenkte. Er stellte die Tasse auf den Ausziehtisch seiner Radialarmsäge, die für die Renovierungsarbeiten seit drei Monaten in seinem Wohnzimmer aufgebaut war.

Der Brief war von seiner Mutter, Wynn, der er erst vor zehn Tagen geschrieben hatte. Ziemlich ungewöhnlich für Wynn, die normalerweise dazu neigte, Post, Gehaltsschecks, ärztliche Rezepte und Ähnliches zu verlegen. Doch zu ihrer Ehrenrettung muss gesagt werden, dass sie die wichtigen Dinge behielt, etwa komplizierte Passagen in Schuberts Kompositionen oder obskure Details aus der Geschichte der Bildhauerei.

20. November 1981

Lieber Carlisle,

Mensch, du hast jetzt einen Briefkasten und ein richtiges Zuhause. Das klingt ja, als wärst du wider Erwarten doch noch sesshaft geworden. Ich habe jedenfalls mit Freude von dem alten Haus gehört, das du gekauft hast und wieder auf Vordermann bringst. Vielleicht schaffe ich es irgendwann, dich zu besuchen und es mir anzusehen. Wie auch immer, ich freue mich für dich.

Gibt es irgendeine interessante Frau in deinem Leben? Entschuldige diese Frage, aber Mütter, und erst recht so ein eigenwilliges Exemplar wie ich, denken nun mal über solche Dinge nach. Ich kann kaum glauben, dass du in einigen Jahren schon vierzig wirst, und gegen ein oder zwei Enkelkinder hätte ich nichts einzuwenden.

Nun zu den Fragen in deinem letzten Brief, also zu deinem Vater und woran ich mich erinnern kann. Ich kann eigentlich nur wiederholen, was ich dir bereits erzählt habe. Er war beim Militär, hatte vor dem Krieg als Fotograf gearbeitet und war auch während des Krieges als Fotograf eingesetzt, und zwar auf den Schlachtfeldern des Pazifik. Als ich ihn kennen lernte, war er gerade vom Militärdienst entlassen worden, von den Marines (glaube ich). Er redete nicht besonders gerne über den Krieg. Tatsächlich hatte ich sogar den Eindruck, dass er gar nicht über all das reden wollte. Sein Vorname war Robert, seinen Nachnamen habe ich vergessen, falls er ihn mir überhaupt je gesagt hat.

Ich habe ihn Ende September 1945 kennen gelernt, genau an dem Tag, an dem Bela Bartok gestorben ist. Sein Motorrad war rot und an einigen Stellen mit Chrom verziert. Auf dem Tank war ein silberfarbenes Logo, es bezeichnete die Motorradmarke, aber das Einzige, woran ich mich erinnere, ist, dass der Name mit »A« anfing. Das Gedächtnis ist so unzuverlässig und so verdammt selektiv. Ich habe einmal für ihn getankt und die ganze Zeit dagestanden und das Logo angestarrt, und jetzt kann ich mich nur an den ersten Buchstaben erinnern. Andererseits kann ich mich noch genau daran erinnern, dass er mir von einem Seemann erzählt hat, den er in Singapur getroffen hat. Komisch, nicht wahr?

Weitere Einzelheiten. Er hatte ein Armkettchen um, wenn ich mich nicht irre, an seinem rechten Handgelenk. Er war groß und schlank, schlicht gekleidet und hatte Hosenträger. Auch wenn ich nicht mehr die Details seiner Gesichtszüge vor Augen habe, meine ich mich doch zu erinnern, dass er nicht gerade ausgesprochen gut aussehend war, schlecht sah er allerdings auch nicht aus. Aber diese schlichten Unterscheidungsmerkmale werden ihm sowieso nicht gerecht, denn er hatte etwas ganz Eigenes, sah auf eine ganz bestimmte Art ungewöhnlich aus. Woran ich mich genau erinnere, das sind seine Augen und wie sie einen angesehen haben. Alte Augen, als ob er viel älter gewesen wäre, als er tatsächlich war, wie alt auch immer er gewesen sein mag (ich denke, er muss so Anfang dreißig gewesen sein).

Was noch? Das alles scheint so unendlich lange her, und ich war noch so jung, ich war gerade neunzehn geworden und aufsässig wie ein ungestümes Fohlen, voller verrückter Träume über ein Leben als Künstlerin und ein naturverbundenes Dasein und so. Aber ich sehe ihn immer noch vor mir. Er ließ sein Haar wachsen, nachdem er beim Militär ausgeschieden war, und band es mit einem blauen Tuch zusammen, wenn er mit seinem Motorrad unterwegs war. Wie ich bereits sagte, war er nicht in dem Sinne gut aussehend, wie es uns normalerweise vorschwebt, wenn wir von einem tollen Typen sprechen, aber wenn wir auf seinem Motorrad über die hohen Brücken von Big Sur brausten, hat er in seiner Lederjacke, seinen Jeans, seinen Stiefeln und mit seiner Sonnenbrille eine ziemlich gute Figur abgegeben.

Lass mich wissen, wie es mit der Renovierung deines Hauses vorangeht. Hier geht alles seinen Gang. Komm mich doch mal besuchen. Trotz allem habe ich deinen

Vater als einen großartigen, warmherzigen Mann in Erinnerung, auch wenn wir nur drei oder vier Tage zusammen waren. Ich bereue nichts, vor allem, weil er mir dich geschenkt hat.

*In Liebe
Deine Mutter, Wynn*

P.S. Ich habe neulich Mrs. Marx getroffen und ihr deine Grüße ausgerichtet. Sie hat mich gebeten, dich zurückzugrüßen, und denkt immer noch an dich, als ob du ihr eigener Sohn wärst, und redet ständig von Cody und dir. Schreib ihr doch mal ein paar Zeilen. Der gute alte Jonathan, der in deiner Jugend sechs Jahre lang dein geliebter Stiefvater war, hat neulich bei mir vorbeigeschaut. Er war auf dem Weg von San Francisco die Küste hinauf. Wir sind zusammen einen Kaffee trinken gegangen, und er hat mir von seinem Treuhandvermögen erzählt, und von seinem Roman, für dessen Veröffentlichung er noch einen Verlag sucht, und von seinen letzten beiden Frauen. Er wollte mich zum Abendessen ausführen, aber ich habe dankend abgelehnt. Ich frage mich, was ich je an ihm gefunden habe.

Carlisle McMillan nahm sich ein Blatt Papier und zog einen Zimmermannsbleistift aus seiner Hemdtasche. Nicht gerade eine üppige Liste, dachte er, notierte aber sämtliche Anhaltspunkte, die seine Mutter ihm gegeben hatte:

Vorname: Robert
Motorradmarke beginnt mit »A«
Armkettchen?
Zweiter Weltkrieg – Pazifik. Marines?
*Fotograf, vor dem Krieg und während des
  Krieges*
Singapur = reiste viel?
Alter = Anfang dreißig

Diese Liste ließ sich auch in Tabellenform darstellen. Ganz oben konnte er jeweils einen Namen eintragen, sofern er auf mehrere stieß, und nach Verbindungslinien zwischen den Namen und den Anhaltspunkten suchen. Doch wo sollte er anfangen? Er brauchte irgendeinen Einstieg, aber ihm fiel einfach nichts Sinnvolles ein, außer sich in einer endlosen, mühsamen Sisyphusarbeit durch alte Zeitschriften und Zeitungen zu wühlen.

Er saß ruhig da und dachte angestrengt nach, als ihn das Klingeln des Telefons hochschreckte. Es war Buddy Reems, sein einstiger Partner aus jenen Tagen, als er noch in Oakland Wohnsiedlungen gebaut hatte. Ein draufgängerischer Typ, aber zugleich ein Zimmermann, der sein Handwerk verstand, und alles in allem ein von Grund auf guter Mensch.

»Hi, Carly, altes Haus, schön, deine Stimme zu hören. Ich hab die Telefonnummer von deiner Mutter. Was, zum Teufel, treibst du, und wo steckst du überhaupt? Wynn hat irgendetwas vom nördlichen South Dakota erzählt. Ist das überhaupt auf den Karten verzeichnet? Und kann man von hier irgendwie dahin kommen? Brauche ich womöglich eine Art interplanetarischen Reisepass, damit sie mich überhaupt reinlassen?«

Carlisle lachte. Buddy war ganz der Alte. Als sie sich vor zwei Jahren das letzte Mal gesehen hatten, hatte Buddy vorgehabt, nach New Mexico zu gehen und in eine Kommune zu ziehen.

»Von wo rufst du an, Buddy?«

»Aus Oakland. Ich bin zurück und zimmere irgendwelchen Scheiß zusammen. An den Wochenenden saufe ich mich voll, bis ich fast umkippe, und versuche den Mist, den ich die Woche über verzapft habe, zu vergessen. Wie ich gehört habe, hast du dir ein eigenes Haus gebaut oder ein altes wieder in Stand gesetzt oder etwas in der Art.«

Carlisle erzählte ihm von seiner Renovierung des Williston-Hauses und dass es inzwischen ganz ansehnlich geworden sei, so ansehnlich, dass es sich herumgesprochen und ihm in den umliegenden Städten den einen oder anderen Auftrag eingebracht habe.

»Und wie sieht's mit Frauen aus? Tut sich in dieser Hinsicht irgendetwas ernst zu Nehmendes, oder schicken sie nur Häftlinge und Jungfrauen in diese entlegenen Gebiete?«

»Ein paar Möglichkeiten tun sich schon auf. Unter anderem ist mir eine interessante Frau aufgefallen, die hier in einem Café arbeitet. Aber erzähl mal, Buddy, wie war es denn nun in der Kommune? Das war doch dein großes Ideal.«

»Mann, war das ein Spaß, Carly. Wie du dich vielleicht erinnerst, bin ich wegen dieses Mädchens da runtergefahren. Weißt du noch? Ich habe dir geschrieben, dass sie Beine hatte bis zum Mond. Ich hatte dir sogar angeboten, sie mit dir zu teilen, wenn du nachkommen würdest.«

Carlisle schüttelte den Kopf und grinste. Natürlich erinnerte er sich an Buddys Brief über das Mädchen und seine Begeisterung für dieses Kommunenleben, das er für das Beste hielt, was er je erlebt hatte.

»Klar erinnere ich mich. Und wie ist es ausgegangen?«

»Na ja, es ist so ausgegangen, dass sie mit so einem Gitarrenspieler in eine andere Kommune gezogen ist – so ein Typ, der sich mit allen möglichen chemischen Drogen zugedröhnt und immer noch irgendwelche alten Lieder aus den Sechzigern geträllert hat, du weißt schon, Flowers, Peace und Free Love und so. Mich hat natürlich nur Letzteres interessiert. Ansonsten war ich der Einzige unter all diesen Kommunetypen, der etwas Handfestes konnte. Und so ließen sie mich Küchen im Armeestil herrichten und Esszimmer und Schlafzimmer, während alle anderen nur dumm rumsaßen, Dope rauchten und über… wie wird er noch mal ausgesprochen, Neats-key?… egal, so ein Deutscher jedenfalls. Irgend so ein Philosoph oder etwas in der Art.«

»Wie wär's mit NIE-cha, Friedrich Nietzsche.«

»Yeah, das ist er. Ich hasse euch College-Klugscheißer. Wenn du nicht der beste Zimmermann wärst, den ich je kennen gelernt habe, hätte ich mit Sicherheit nichts mit dir zu tun. Na egal, du kannst dir sicher vorstellen, was ich von diesem ganzen Neats-key-Gequatsche und diesem Peace-Love-Flowers-Scheiß gehalten habe, also bin ich da ausgezogen, als dieses Mädchen mit dem Flowerpower-Gitarristen durchgebrannt ist. Ich hab nicht mal Tschüss gesagt, und sie auch nicht. Jedenfalls war der Kerl auf der Gitarre eine absolute Niete. Weißt du noch, wie wir immer runtergegangen sind, um Jesse Lone Cat Fuller zu hören? Mister Peace-and-Love hätte nicht mal genug draufgehabt, die Enden von Jesses neuen Gitarrensaiten festzuklemmen.«

In dieser Art ging ihre Unterhaltung noch eine Weile weiter, und irgendwann erwähnte Carlisle seine Suche nach seinem Vater. Trotz seiner herben Sprüche und seines ebenso ungebändigten Verhaltens war Buddy durchaus praktisch veranlagt, wenn es darum ging, ein Problem zu lösen. Und wie immer, wenn es kompliziert wurde, war er ziemlich zuversichtlich, dass er schon irgendetwas herausfinden würde.

»Lass mich mal ein bisschen hier für dich herumwühlen, vielleicht auch in Sacramento. Ich werde mich in einer knappen Stunde auf den Weg machen und eine Frau besuchen, die ich letzten Monat bei einem Fleetwood-Mac-Konzert kennen gelernt habe. Sie ist zwar nicht gerade eine Schönheit, aber dafür weiß sie ihren Körper einzusetzen wie eine Tischsäge.«

Carlisle lächelte. Auch wenn er inzwischen Anfang vierzig war, war Buddy immer noch der Alte – immer voller Tatendrang, immer in Bewegung und keine zwei Minuten still.

»Ich kenne in Sacramento ein paar Typen, die möglicherweise Zugang zu den offiziellen Fahrzeugdaten von Motorrädern haben. Verdammt, das Ganze ist mehr als dreißig Jahre her, aber diese durchgeknallten Bürokraten heben jeden Furz für alle Zeiten auf, also lässt sich vielleicht noch etwas finden. Okay, ich schreib mir mal gerade auf, was du hast. Vorname, Robert. Richtig? Die Marke seines Motorrads begann mit ›A‹. Er hat es gleich nach dem Zweiten Weltkrieg gekauft, möglicherweise im August oder September 1945 oder so um diese Zeit herum. Wie viele Motorräder wohl direkt nach dem Zweiten Weltkrieg in der Bay Area verkauft wurden? Wahrscheinlich zwei oder drei Myriaden.«

»Ich bin nicht sicher, ob er es wirklich direkt nach dem Krieg gekauft hat. Vielleicht hatte er es irgendwo untergestellt, während er weg war.«

»Ach du liebe Güte, Carly. Dann käme so ziemlich jedes zweite Motorrad in Frage, das je irgendwo verkauft wurde. Aber ich will es auf einen Versuch ankommen lassen. Die Eintragungen sind so alt, dass sie noch nicht per Computer erfasst wurden. Das heißt: mühsame Handarbeit. Egal, ich werd's probieren. Du sagst, sie arbeitet bei dir in der Gegend in einem Café?«

»Wer?«

»Na, die Frau, die du vor die Flinte kriegen willst.«

»Ach so, ›vor die Flinte kriegen‹ würde ich natürlich nicht gerade sagen. Der Laden heißt Danny's Café. Dort kriegst du das beste warme Truthahn-Sandwich zwischen Omaha und Cheyenne. Dazu jede Menge Soße und Kartoffelbrei.«

»Klingt gut. Warmer Truthahn und hübsche Frauen, oder ist die Reihenfolge andersherum? Egal, du hörst von mir. Und noch etwas, Carly. Ich habe ein neues Motto: Hüte dich vor einem beknackten Tod!«

»Was?«

»Ich bin dabei aufzulisten, wie ich auf keinen Fall sterben will, und gehe möglichst Situationen aus dem Weg, in denen mich ein derartiger Tod ereilen könnte.«

»Zum Beispiel?«

»Stirb auf keinen Fall in einem Krankenhaus. Das ist schon mal das Allerwichtigste, die Grundregel sozusagen. Fall lieber von einem Dach, während du gerade die letzte Schindel des besten Hauses festnagelst, das du je gebaut hast. Die zweite beknackte Todesart ist, direkt vor einem K Mart von hinten von einem verrosteten Cadillac, Baujahr 68, mit abgefahrenen Reifen erwischt zu werden, während im Schaufenster eine Leuchtreklame für Männerunterwäsche im Sonderangebot wirbt.«

Carlisle musste lachen. Manchmal vermisste er Buddy Reems und seine verrückten Ideen.

»Hier ist noch eine beknackte Todesart: von herumfliegenden Trümmern erschlagen zu werden, die von einem rotierenden Rasenmäher aufgewirbelt werden, der von einem vierundsechzig Jahre alten, übergewichtigen Rotarier über das Gelände eines geplanten Wohnheims für Pensionäre gesteuert wird. Weiter bin ich mit meiner Liste noch nicht gekommen, aber ich werde sie fortsetzen. Wenn sie fertig ist, lasse ich sie dir zukommen. Pass auf dich auf, Carly. War großartig, mal wieder mit dir zu reden. Ich melde mich, wenn ich irgendetwas herausfinde.«

»Danke, Buddy. Ich fand es auch nett, mit dir zu reden. Und ich weiß deine Hilfe zu schätzen.«

Sieben Stunden später rief Buddy wieder an. Im Hintergrund war lauter Straßenverkehr zu hören.

»Hi, Carly, ich bin's. Ich stehe in einer Telefonzelle in Sacramento. Ein hübsches junges Ding aus der Motorraddaten-Verwaltung hat mir geholfen; sie heißt Nancy. War nicht ganz einfach, aber einfacher als ich dachte. Hat uns drei Stunden Herumwühlerei und -sortiererei in alten Unterlagen gekostet, aber ein bisschen was haben wir gefunden. Hast du was zu schreiben zur Hand? Also, insgesamt haben im August und im September 1945 achtundzwanzig Typen mit Vornamen Robert in San Francisco ein Motorrad angemeldet. Die meisten hatten eine Harley oder eine Indian, aber nur ein Einziger hatte eine Maschine, die mit ›A‹ anfing, eine so genannte Ariel Square Four. Sie wurde am vierundzwanzigsten September 1945 als Gebrauchtmotorrad eingetragen. Der Name ›Square Four‹ hat wahrscheinlich irgendetwas mit der Ausrichtung der Zylinder zu tun und ...«

Carlisle fiel ihm ins Wort. »Buddy, der Name. Wer hat diese Maschine eintragen lassen?«

»Klar, Mann, das ist ja das Wichtigste. Hätte ich fast vergessen. Sein Name war Robert L. Kincaid. Eine Adresse war nicht aufgeführt und als Postanschrift nur ›postlagernd, San Francisco‹ angegeben. Auch keine Telefonnummer. Aber diese Angaben wären wahrscheinlich sowieso völlig veraltet, immerhin ist die Eintragung sechsunddreißig Jahre alt.«

»Buchstabier mir den Nachnamen bitte.«

Buddy buchstabierte, und Carlisle notierte den Namen sorgfältig.

»Ich muss jetzt los, Carly. Kaum einen Meter entfernt wartet Ms. Tischsäge in meinem Pick-up auf mich. Viel Glück, und lass mich wissen, wenn ich in dieser Angelegenheit sonst noch was für dich tun kann!«

»Nochmals vielen Dank, Buddy. Diese Information könnte mich entscheidend voranbringen.«

»Nichts zu danken. Tschüss.«

Nachdem er aufgelegt hatte, ergänzte Carlisle als Erstes seine Liste mit den Anhaltspunkten: Vorname: Robert – Nachname möglicherweise Kincaid, Initial des zweiten Namens »L«. Motorradmarke beginnt mit »A« – möglicherweise Ariel Square Four.

Er studierte die Liste ein weiteres Mal, ging in die Küche und holte sich ein Bier aus dem Kühlschrank. Dann ging er zurück an seinen aufgebockten Tisch und kritzelte ein Schema auf:

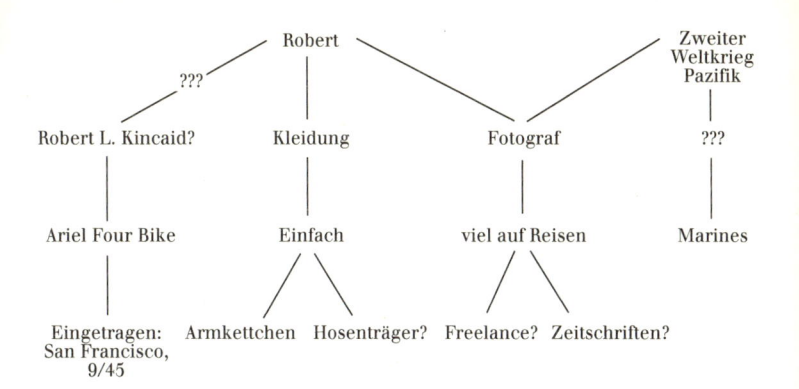

```
                    Robert                    Zweiter
                   /      \                   Weltkrieg
          ???  /           \                  Pazifik
            /    |          \      /           |
Robert L. Kincaid?  Kleidung       Fotograf    ???
    |              |                 |          |
Ariel Four Bike  Einfach        viel auf Reisen Marines
    |            / \               / \
Eingetragen: Armkettchen Hosenträger? Freelance? Zeitschriften?
San Francisco,
   9/45
```

Es war ganz offensichtlich, dass die meisten Pfade auf seinem Diagramm in einer Sackgasse endeten. Weiterverfolgen ließ sich höchstens die Tatsache, dass sein Vater als Fotograf gearbeitet hatte, und möglicherweise ließ sich auch in alten Unterlagen des Militärs noch etwas finden. Am nächsten Morgen rief er in aller Frühe seine Mutter an und fragte sie, ob sie vielleicht irgendwelche älteren Fotografen kenne, an die er sich wenden könnte.

»Hat das mit deinem Vater zu tun, Carlisle?«

»Ja.« Er erzählte ihr, was Buddy Reems in Sacramento herausgefunden hatte.

»Kincaid?«, wiederholte sie. »Ich wünschte, ich könnte dir sagen, dass das tatsächlich sein Nachname war. Aber ich kann mich beim besten Willen nicht erinnern, falls ich ihn überhaupt je kannte. Obwohl ich, wie gesagt, glaube, dass er ihn mir einmal genannt hat. Bist du sicher, dass du mit deiner Suche wirklich fortfahren willst? Am Ende könnte eine große Enttäuschung dabei herauskommen, möglicherweise sogar für uns beide.«

»Ich mache auf jeden Fall weiter. Nun komm schon, Wynn, überleg, ob du einen Fotografen kennst, mit dem ich sprechen könnte, einen, der sich mit der Geschichte und der Entwicklung der Fotografie in diesem Land ein bisschen auskennt.«

»Also gut, da wäre zum Beispiel Frank Moskowitz. Er lebt außerhalb der Stadt oben in den Hügeln in einer Hütte, in der Nähe der Russian Gulch. Ich denke, er ist in den Siebzigern, und wenn er in die Galerie kommt, redet er immer wie ein Wasserfall. Seine Fotos sind eher mittelmäßig, aber er zieht immer noch los und macht Bilder. Ich suche dir mal eben seine Telefonnummer heraus.«

Sie nannte ihm die Nummer und fügte hinzu: »Es gab da noch einen Zwischenfall, von dem ich dir nie erzählt habe, warum nicht, weiß ich auch nicht. Wahrscheinlich ist es mir erst wieder eingefallen, als du mich darum gebeten hast, mir all das noch einmal vor Augen zu führen. Dein Vater und ich sind auf seinem Motorrad die Küste hinuntergefahren, um uns eine Seelöwenkolonie anzusehen. Als wir bei der Kolonie ankamen, waren da zwei Männer, die mit einem Gewehr abwechselnd auf die Tiere schossen.

Ich war darüber ziemlich aufgelöst. Dein Vater forderte mich auf, beim Motorrad zu bleiben, und ging hinab zu den beiden Männern. Er ging einfach zu ihnen hin, nahm ihnen das Gewehr aus der Hand und warf es ins Meer. Die Männer schrien ihn an und waren offensichtlich stinksauer. Einer versuchte sogar eine Schlägerei zu provozieren, aber dein Vater ließ sich nicht aus der Ruhe bringen. Er stand einfach nur da und starrte sie an. Nach einer Weile verschwanden die Männer über den Strand, und dein Vater kam zu mir zurück.

Ich sah ihm an, wie wütend er war, und fragte ihn, was er den Männern gesagt habe. Er antwortete: ›Ich habe nur gesagt, dass ich schon genug sinnloses Gemetzel gesehen habe und dass ich sie, wenn sie nicht damit aufhören, genau dahin befördere, wo ich auch ihr Gewehr versenkt habe. Das wäre dann wenigstens keine sinnlose Tat.‹ Vorher habe ich ihn ja auch schon ein bisschen geliebt, aber nach diesem Zwischenfall bei den Seelöwen fand ich ihn erst recht supertoll.«

Sie redeten noch ein paar Minuten weiter, und nachdem sie aufgelegt hatten, wählte Carlisle sofort die Nummer, die ihm seine Mutter gegeben hatte. Am anderen Ende meldete sich eine alte, raue Stimme: »Moskowitz.«

Carlisle stellte sich vor und sprach ihn auf amerikanische Fotografen an. Hatte Moskowitz jemals von einem Fotografen namens Kincaid gehört?

»Der Name kommt mir bekannt vor. Bin aber nicht sicher. Wenn er wirklich bekannt ist, müsste er im *Who's Who* stehen.«

Daran hatte Carlisle noch gar nicht gedacht und notierte es auf seinem Zettel.

»Mr. Moskowitz, für wen, meinen Sie, könnte ein

Fotograf in den dreißiger Jahren gearbeitet haben, der viel in der Welt herumgereist ist?«

»Schwer zu sagen. In unserem Berufsstand gab es immer einen Haufen Leute, die auf eigene Faust umhergezogen sind. Damals gab es nicht viele Zeitschriften, die es sich leisten konnten, jemanden nach Übersee zu schicken. Kommen eigentlich nur die großen in Frage. Sie wissen schon, *Time, Life, Look, National Geographic,* etwas in der Art.«

Moskowitz begann abzuschweifen und über Fotoausrüstung und Filme zu fachsimpeln und über seine frustrierenden Bemühungen, seine Bilder irgendwo veröffentlicht zu bekommen. Carlisle ließ den Wortschwall höflich über sich ergehen, und als der alte Mann eine kurze Pause machte, um Luft zu holen, bedankte er sich für die Auskünfte und sagte, dass er das Telefonat nun beenden müsse.

»Ihre Mutter ist eine feine Dame, Mr. McMillan. Auch wenn sie sich weigert, meine Bilder in der Galerie auszustellen, in der sie arbeitet – eine feine Dame.«

»Wer weiß, Mr. Moskowitz. Vielleicht kommt es ja irgendwann doch noch einmal dazu.«

»Ja, ja, vielleicht irgendwann«, entgegnete der alte Mann und legte auf.

Carlisle schob noch ein paar Scheite in den Holzofen und legte sich aufs Ohr. Während er sanft entschlummerte, hörte sich das Heulen und Pfeifen des Windes für ihn an wie das Röhren eines Motorrads, das vor langer Zeit um die Kurven von Big Sur geheizt kam.

Eine Stunde nach Anbruch der Morgendämmerung, als es draußen noch recht frisch war, checkte Robert Kincaid aus seinem Motel in Oregon aus. Er schmiss den Motor von Harry an und horchte. Irgendetwas war nicht in Ordnung, vermutlich schon wieder der verdammte Choke. Er holte eine kleine Werkzeugkiste hinter dem Sitz hervor und zog sich seinen dünnen Anorak über. Highway lehnte sich aus dem Fenster und versuchte um die Motorhaube herumzugucken, als Kincaid sie aufklappte. Er zog die Schraube am Choke an und horchte erneut auf das Motorengeräusch. Dann nickte er zufrieden und klappte die Motorhaube behutsam wieder zu.

Wieder im Wagen, wandte er sich an den Hund. »Zen und die Kunst, einen alten Pick-up zu warten, Highway. Ist nicht so romantisch, wie es Mr. Pirsig in seinem Buch über die Wartung von Motorrädern behauptet. Unter Harrys Haube ist jedenfalls nicht viel Zen, das ist mal klar. Jedenfalls konnte ich bisher nichts davon finden. Aber Pick-ups kann man sowieso nicht mit Motorrädern vergleichen. Unser Harry hier hat natürlich auch seine ganz eigene Art, aber es ist nicht das gleiche Gefühl, wie ein gutes Motorrad unter dem Hintern zu haben. Ich hätte diese Ariel behalten sollen. Dann hätte ich dich hinter mir auf dem Rücksitz festgeschnallt, die Fünfhunderter voll aufgedreht und wäre mit dir losgebrettert über die Straßen.«

Highway schnupperte, ob die Jacke seines Herrchens irgendwelche ungewöhnlichen Morgengerüche aufwies, entdeckte jedoch keine und legte sich auf seinen Platz auf dem Beifahrersitz. Kincaid selbst setzte sich seine Lesebrille auf, studierte eine Straßenkarte und wartete darauf, dass die Heizung das Führerhaus aufwärmte und die Windschutzscheibe vom Nachtfrost befreite.

Er beschloss, bis Nordkalifornien auf der Route 101 zu bleiben und dort dann nach Osten abzubiegen. Das würde ihn zwar etwas südlich an den Black Hills vorbeiführen, aber er konnte ja jederzeit wieder Richtung Norden fahren oder sich die Black Hills für den Rückweg aufsparen.

Er fuhr nicht schneller als fünfundvierzig Meilen die Stunde den kurvenreichen Küsten-Highway entlang, von dem aus man zwischen den flachen grünen Bergen den Pazifik sah. Fortwährend bergauf, bergab und abwechselnd Links- und Rechtskurven, immer mit eingeschaltetem Tempomat.

Er versuchte sich an seinen Traum zu erinnern. Während sein Körper sich ausgeruht hatte, war seine Erinnerung im Geist den langen Weg nach Singapur zurückgewandert, in eine Zeit, als dieses von Wasser umgebene Land noch wild und unkontrolliert war, ein Ort, der alle möglichen Leute anzog. Piraten, Glücksritter, Schmuggler. Männer mit Messern an ihrem Hüftgürtel und Landkarten in der Tasche und Plänen im Kopf, deren Fragwürdigkeit und Verruchtheit schon zu Tage trat, wenn sie bloß ausgesprochen wurden. Die Art Welt, von der Robert Kincaid als kleiner Junge geträumt hatte.

Ein Ort, an dem in jener Zeit sämtliche Klischees

der Wirklichkeit entsprachen. Wo über den Köpfen notdürftig angebrachte Ventilatoren langsam ihre Kreise drehten und eine Frau in einem tief ausgeschnittenen schwarzen Kleid Klavier spielte und dazu Lieder von Kurt Weill sang. Eines Abends hätten sich zwei Männer beinahe gegenseitig umgebracht, um ihre Aufmerksamkeit zu erringen, dabei hatte sie die beiden keineswegs zu diesem Wettkampf ermutigt und war, wie sich am Ende herausstellte, ohnehin an keinem von ihnen interessiert.

Er erinnerte sich noch genau an sie, ihr Klavierspiel und ihr Gesang hatten ihm gut gefallen. Er war damals Ende zwanzig gewesen, hatte seine ersten richtigen Aufträge und war gerade im Begriff, die Welt zu erkunden. Die Frau, die Juliet hieß, war älter als er, vielleicht vierzig. Zwischen ihnen spielte sich nichts ab. In seinem Alter hatte er Angst vor so einer Frau und dem, was sie ihm an Erfahrungen voraus hatte, Erfahrungen im Bett und so weiter. Er hatte in der Raffles-Bar gesessen, sein Bier ausgetrunken und in sein leeres Glas gestarrt, als wäre es eine Linse. Wenn er sie sich jetzt vor Augen führte, war das Bild, das er von ihr hatte, etwas verschwommen, aber in seiner Erinnerung war sie immer noch ausgesprochen schön. Ob sie es wohl noch raus geschafft hatte, bevor die Japaner damals in Singapur eingefallen waren? Wahrscheinlich hatte sie es geschafft. Menschen wie Juliet schafften es immer rechtzeitig raus, wann und wo auch immer es nötig wurde. In gewisser Hinsicht war auch sie eine Art letzter Cowboy.

In seinen Erinnerungen schwelgend und Richtung Süden gen Kalifornien fahrend, begann er eine Melodie zu summen, ein Lied, das Juliet vor nunmehr über vierzig Jahren jeden Abend gesungen hatte. Es hieß »Sailor's Tango«, wenn er sich recht erinnerte. Und vor seinen Augen tauchte ein Gesicht aus seinem Traum auf, zu dem ihm aber nur ein Vorname einfiel: Aabye. Erster Maat auf einem Schiff, das *Moroccan Wind* hieß. Warum, zum Teufel, erinnerte er sich ausgerechnet an den Namen dieses Schiffs? Kincaid lächelte in sich hinein. Einige Dinge bleiben eben hängen, andere nicht. Er und Aabye hatten im Raffles zusammen ein paar Biere getrunken.

Aabye »ohne Nachnamen« hatte ihm von seinem großen Traum erzählt, einen eigenen Schoner zu besitzen, obwohl er wusste, dass er ihn sich nie würde leisten können. Er selber hatte ihm daraufhin von seinem letzten Auftrag berichtet, einem Fotoprojekt über den alten Handel mit Schonern auf dem Chinesischen Meer, bei dem er mit einem in die Jahre gekommenen Kapitän zu tun gehabt hatte, der sich seinem Ruhestand näherte und jemanden suchte, der sein Schiff übernehmen könne. Er hatte Aabye gesagt, dass man über den Preis möglicherweise würde reden können, da das prächtige Schiff dem Kapitän sehr am Herzen liege. Der Schoner hieß *Paladin,* und er hatte Aabye genau erklärt, wo das Schiff festgemacht war. Der Maat hatte ihm die Hand geschüttelt, ihm für den Tipp gedankt und war dann losgegangen, um jenen Schoner namens *Paladin* ausfindig zu machen.

Und das waren nur die Erinnerungen, die durch den Traum in ihm hochkamen. Er hatte Hunderte, Tausende solcher Erinnerungen. Während er immer noch südwärts die Küste von Oregon entlangfuhr, sah er aus dem Fenster auf den Pazifik hinaus, Richtung Singapur, und fragte sich, ob dieser Mann namens Aabye, der ihm da in den allerletzten Tagen des Schoner-Handels über den Weg gelaufen war, wohl jemals an ein eigenes Schiff gekommen war. Er hoffte, dass er es war. Er fragte sich immer, was aus den Juliets und Aabyes und den Marias und Jacks und all den anderen geworden war, die da draußen in der Welt irgendwann seinen Weg gekreuzt hatten. Er dachte voller Herzlichkeit an sie zurück und war ihnen dankbar für seine Erinnerungen.

Zu seiner Rechten kam ein Leuchtturm in Sicht, und im Kopf setzte er ihn automatisch in einen Rahmen und überlegte, ob er ihn fotografieren sollte. Doch er beschloss, es bleiben zu lassen; es gab schon zu viele Fotos von Leuchttürmen in der Morgensonne.

Also fuhr er weiter, doch der Leuchtturm ging ihm nicht aus dem Kopf, und er überlegte, welche Möglichkeiten sich vielleicht doch für ein Foto anboten. An einem Aussichtspunkt, an dem Touristen sich ihre Regencapes überziehen, um aus der Ferne ein paar Schnappschüsse von der See zu machen, hielt er an und sah seine Tri-X-Filme durch. Zwischen den Tri-X-Filmen befand sich ein einzelner Kodak Technical Pan 25 ISO, ein niedrig empfindlicher Film, der für die

Aufnahme von Strichzeichnungen und anderen Grafiken vorgesehen war.

Doch der T-Pan verfügte über eine ganz besondere Eigenschaft. Wenn er einer deutlich kürzeren Belichtungszeit ausgesetzt und auf eine unorthodoxe Weise entwickelt wurde, wurden sämtliche Zwischentöne ausgewaschen, und das fotografierte Objekt erschien in einem außergewöhnlich starken Schwarzweißkontrast und sprang dem Betrachter förmlich ins Auge. Er hatte diese Technik einmal in Schottland angewandt, auf den Glencoe-Inseln, und zwar bei einem kleinen Schloss, das ein paar hundert Meter vor der Küste auf eine kleine Insel gesetzt worden war, die gerade groß genug war, es zu beherbergen. Das Spiegelbild des Schlosses zeichnete sich im umgebenden Wasser klar und deutlich ab. Auf dem Abzug waren das graue Schloss und die Ecktürme dann nahezu weiß erschienen und das Wasser drum herum fast schwarz, so dass es aussah, als ob das Schloss auf seinem eigenen Spiegelbild thronte. Möglicherweise konnte er den Leuchtturm auf ähnliche Weise fotografieren und dem Bild seine ganz eigene Färbung verleihen.

Er drehte um, fuhr die Küstenstraße zurück und ließ den Leuchtturm dabei durch seinen imaginären Sucher wandern, bis er die passende Position zum Fotografieren gefunden hatte. Er langte nach hinten, nahm eine seiner Nikons aus dem Rucksack und legte den T-Pan ein. Als er in seine Fotoweste schlüpfte und das Stativ herausholte, sprang Highway aus dem

Wagen und begann mit seiner üblichen Erkundungs-
taktik in alle Richtungen den Boden zu beschnüffeln
und nach interessanten Dingen abzusuchen.

Er verpasste dem Stativ einen lange eingeübten
Tritt mit dem Stiefel, woraufhin die Beine ausklapp-
ten. Dann stellte er, ohne groß darüber nachzudenken, die passende Höhe ein, denn er wusste intuitiv,
wie er die Kamera positionieren wollte. Als Nächstes
befestigte er die Kamera auf dem Stativ und holte den
Drahtauslöser aus seiner rechten Westentasche.

Sein Hirn arbeitete auf Hochtouren. Er dachte noch
einmal über den Film nach, den er ausgewählt hatte, machte im Kopf schon mal das Foto und analy-
sierte die erforderlichen Einstellungen. Während er
den Drahtauslöser am Auslöseknopf festschraubte,
huschte ein Lächeln über sein Gesicht, und dann
musste er laut lachen. Highway sah ihn verdutzt an.

»Ich lache nur, weil ich hier gerade das tue, was ich
am besten kann, Hund, und weil mir gerade bewusst
wird, dass ich in letzter Zeit viel zu selten dazu gekommen bin.« Er spürte die Kraft in seinen Körper
zurückströmen, jene Energie und Antriebsstärke, die
in den zurückliegenden Jahren verschwunden war
und seiner Depression und seinem Selbstmitleid
Platz gemacht hatte.

Robert Kincaid, einer der Fotografen von der alten
Sorte und in seinem Handwerk ein begnadeter Illu-
sionist, der seine Sicht der Dinge einem Millionen-
publikum von Zeitschriften- und Buchlesern näher
gebracht hatte, meldete sich zurück zur Arbeit. Er

beugte sich vor, sah durch den Sucher, rückte die Kamera noch ein wenig zurecht und war bereit für den Schuss. Er rief sich noch einmal das Schloss in Schottland in Erinnerung, legte es vor seinem geistigen Auge über das Bild, das er jetzt machen wollte, ging alle technischen Einzelheiten noch einmal durch und legte sich seinen Schlachtplan zurecht.

Wie immer, wenn er endgültig überprüfte, ob ein Foto es wert war, gemacht zu werden, stellte er sich vor, dass es eingerahmt bei ihm zu Hause an der Wand hing. Konnte er es Monate, ja Jahre ansehen, ohne des Bildes überdrüssig zu werden? Wenn er diese Frage mit Ja beantworten konnte, war das Foto den Film und die Mühe wert. Wenn die Antwort Nein lautete, packte er die Ausrüstung wieder zusammen und zog unverrichteter Dinge weiter.

Er malte sich genau aus, wie der endgültige Abzug aussehen sollte. Er wägte detailliert ab, was er beim Entwickeln und Abziehen beachten musste, um den gewünschten Effekt zu erzielen. Dann nahm er seinen Belichtungsmesser für die Bestimmung des reflektierenden Lichts und erhielt eine erste Messung. Der Schatten des Leuchtturms stand in starkem Kontrast zu dessen weißem Beton. Ein Hochkontrastfilm für ein Bild mit starken Kontrasten; alles musste sorgfältig bedacht werden. Er nahm die entsprechenden Einstellungen an der Kamera vor. Leicht überbelichten, den Schatten etwas hervorheben, dann beim Entwickeln die Konturen klar herausstellen und dem Ganzen beim Abzug den letzten Schliff verpassen. Er drückte auf den Knopf des Fernauslösers, der Spiegel klickte, und er wusste, dass es eine gute Aufnahme war. Er drückte ein weiteres Mal auf den Auslöser und ließ sämtliche Einstellungen, wie sie waren, damit er ein zusätzliches Negativ hatte, mit dem er später spielen konnte.

Als er fertig war, hängte er sich die Kamera über die Schulter, drehte das Stativ auf den Kopf, löste die Befestigungsschrauben und ließ die Beine einfahren. Dann schenkte er sich am Wagen aus der Thermoskanne eine Tasse Kaffee ein, packte ein Milky Way aus und setzte sich damit auf einen Stein. Er sah auf den Pazifik hinab, kraulte Highway hinter den Ohren und dachte an das ältere Paar, mit dem er während seiner Fotoexpedition in Schottland fast zwei Wochen zusammen gewesen war. Während seines Aufenthalts hatten sie ihren fünfzigsten Hochzeitstag gehabt, und das Dorf hatte ein großes Fest ausgerichtet, mit Fideln und Dudelsäcken und viel Gelächter und allem Drumherum. Ein junge Frau hatte versucht, ihm einen traditionellen Tanz beizubringen, und seine Bemühungen, die tänzelnden Schritte eines siegreichen Hochlandkriegers zu imitieren, hatten für allgemeine Heiterkeit gesorgt.

Er hatte dem Paar damals zwei chinesische Teetassen mit Untertellern geschenkt. Anschließend hatten sie sich neun Jahre regelmäßig geschrieben, bis er plötzlich nichts mehr von ihnen hörte. Ein Nachbar der beiden hatte ihm schließlich mitgeteilt, dass sie innerhalb von nur zwei Monaten nacheinander gestorben waren. Zuerst die Frau, und der Mann nur wenig später. Woran sie gestorben war, erwähnte der Nachbar nicht, doch der Mann war seiner Meinung nach schlicht und einfach an gebrochenem Herzen zu Grunde gegangen.

In der Ferne über dem Wasser hatte sich eine dunkle Wolkenfront zusammengebraut, vielleicht in einer Entfernung von etwa zwanzig Meilen, doch da, wo er saß, schien die Sonne warm vom Himmel herab, und er blieb lange dort sitzen und kaute langsam an seinem Schokoriegel. Er wusste gar nicht, wie lange er da gesessen hatte, aber es war ihm auch egal.

SECHSTES KAPITEL

Francesca

E in anderer Morgen an einem anderen Tag in einem verstreichenden Leben. Francesca Johnson zog sich ihre Cowboystiefel mit den abgelaufenen Absätzen an und machte sich fertig für ihren täglichen Spaziergang. Sie steckte ihr langes Haar hoch, setzte eine Mütze auf und nahm ihren Wollmantel von dem neben der Küchentür angebrachten Haken. Die Zufahrt zu ihrer Farm musste dringend ausgebessert werden; während sie zur Hauptstraße ging, nahm sie sich vor, Tom Winkler mit seiner Planiermaschine herzubitten, damit er die Schlaglöcher noch vor Wintereinbruch beseitigte. Wenn erst einmal der harte Bodenfrost eines typischen Iowa-Winters eingesetzt hatte, war es bis zum nächsten Frühjahr unmöglich, an Straßen und Wegen irgendwelche Reparaturen durchzuführen.

Es war November, und die Sonne war nicht mehr jener tief orangefarbene Feuerball des Sommers, sondern nur noch eine fahle gelbe Scheibe. Wenigstens war noch kein Wind aufgekommen, so dass sie sich trotz der beißenden Kälte auf einen angenehmen Spaziergang freuen konnte.

An diesem Tag bog sie auf der Straße nach rechts, ihr Ziel war die Roseman Bridge. Während der ersten halben Meile lag die Straße vollkommen verlassen; auf beiden Seiten Stoppelfelder, die Ernte vor einem Monat eingefahren. Iowa begann sich auf einen weiteren endlosen Winter einzustellen. Ein Mähdrescher, der Richtung Winterset fuhr, überholte sie. Der Fahrer winkte, Francesca winkte zurück. Ein paar Minuten später hörte sie hinter sich erneut das Geräusch eines Fahrzeugs. Sie trat an den Straßenrand, um den Wagen vorbeifahren zu lassen.

Es war Floyd Clark in seinem neuen Chevy-Pickup. Er bremste und hielt an.

»Guten Morgen, Frannie. Wie geht's dir denn so?«

»Morgen, Floyd. Ich kann nicht klagen. Bin gerade dabei, die Fenster nach Norden mit Plastik zu überziehen und die anderen abzudichten. Der nächste Winter kommt bestimmt, und am Haus muss noch einiges getan werden.« Sie hoffte, dass Floyd die Gelegenheit nicht beim Schopf ergriff und sie ein weiteres Mal bat, mit ihm auszugehen.

»Wenn du irgendwelche Hilfe brauchst – vielleicht hast du schwere Sachen zu schleppen oder sonst irgendwas –, lass es mich wissen! Mein Sohn Matt und ich kommen gern rüber und packen mit an. Er hat einen kräftigen Rücken, im Gegensatz zu uns älteren Leuten, die wir ein Leben lang mehr geschleppt haben, als gut für uns war.«

Francesca bedankte sich. Ihr Nachbar hatte Recht. Die meisten der Farmer im ländlichen Iowa hatten Probleme mit dem Rücken. Es gab ständig irgendetwas Schweres, das bewegt werden musste, und zwar sofort und natürlich dann, wenn gerade niemand da war, der mit anfassen konnte. Also machte man es eben allein und litt unter den Folgen. Richard hatte die letzten zehn Jahre seines Lebens über Rückenschmerzen geklagt.

Ein weiteres Beispiel dafür, überlegte sie, wie der Wunsch nach etwas das Urteilsvermögen ausschaltete. Das kannte sie nur zu gut, doch auch das Umgekehrte war ihr nicht unbekannt, und wer wollte schon wissen, wo bei derartigen Dingen die Wahrheit lag.

Floyd fummelte am Außenspiegel seines Pick-ups herum. Francesca überlegte, welche Vorwände er wohl anbringen konnte, sie zum Ausgehen einzuladen, vielleicht den Neujahrstanz in der Legion's Bar oder etwas Ähnliches.

Im Grunde gab es an Floyd Clark ja nichts auszusetzen, aber etwas Besonderes hatte er auch nicht zu bieten. Genau so ließen sich ihre Gefühle für ihn beschreiben, er war nicht mehr und nicht weniger für sie als ein hilfsbereiter Nachbar, und deshalb ließ sie sich lieber gar nicht erst auf irgendeine engere Beziehung mit ihm ein, so flüchtig und harmlos sie auch sein mochte. Das Gerede, das in den Cafés die Runde machen würde, störte sie nicht (»Wie es aussieht, hat Floyd Clark ein Auge auf Frannie Johnson geworfen.

Übel nehmen kann man's ihm nicht. Für ihr Alter ist sie immer noch ein ganz schöner Hingucker, und seine Marge hat ihn, als sie noch lebte, mit ihrem endlosen Gequassel immerhin beinahe ins Grab gebracht.« »Ich weiß nicht, Arch, irgendetwas stimmt mit dieser Missus Johnson nicht, sie ist irgendwie anders. Ich kann nicht sagen, was es ist, aber irgendwie gehört sie nicht richtig zu uns.«). Francesca war schlicht und ergreifend nicht an Floyd interessiert und versuchte ihm das freundlich zu vermitteln.

Sie beschloss, sich diesmal mit einer halben Lüge aus der Affäre zu ziehen. »Vielleicht entfliehe ich der Kälte dieses Jahr für eine Weile. Michael hat mich für die Feiertage nach Florida eingeladen. Ich finde, das klingt nicht schlecht. Also werde ich sein Angebot wohl annehmen.« In Wahrheit hatte Michael sie noch gar nicht eingeladen, aber er würde es bestimmt noch tun. Sie war schon einmal in Florida gewesen, und das hatte ihr eigentlich genügt. Die Enkelkinder hatten ihr viel Freude bereitet, doch das für Florida typische künstliche Urlaubsambiente hatte ihr nicht behagt, und hinzu kam noch, dass Michaels neue Frau, seine zweite, ihr ein bisschen die kalte Schulter gezeigt hatte.

Floyd Clark fiel beinahe unmerklich die Kinnlade herunter, doch er fasste sich schnell wieder. »Kann ich dir nicht verdenken, beim besten Willen nicht. Marge und ich haben so manchen Winter in Brownsville, Texas, verbracht. Wir waren verdammt froh, der Eiseskälte für eine Weile zu entkommen.«

Francesca erinnerte sich nur zu gut, wie Marge Clark immer wieder davon geschwärmt hatte, wie sie und Floyd, den Zugvögeln gleich, dem Winter nach Brownsville entflohen waren. Organisierte Ausflüge, Shuffleboard, Golfturniere, Squaredance, Cocktailpartys, und alles veranstaltet von der Handelskammer Brownsville.

Francesca schwieg und starrte auf ihre Stiefel. Die Stille dehnte sich allmählich unangenehm in die Länge.

»Ich mache mich jetzt wohl am besten auf den Weg«, stellte Floyd schließlich fest. »Sonst hat Matt in der Zwischenzeit die Farm verpfändet, um einen seiner ewigen Expansionspläne zu finanzieren. Wie hältst du es denn mit deinem Land, Frannie? Behältst du es?«

»Ich glaube ja, Floyd. Ich habe jedenfalls noch keinen ernsthaften Gedanken daran verschwendet, es zu verkaufen – obwohl mich ungefähr einmal pro Woche irgendein Makler anruft, der mich bedrängt, die Farm zum Verkauf anzubieten. Offenbar sind die Grundstückspreise im Augenblick unglaublich hoch.«

Ihre wahren Gründe, warum sie auf der Farm blieb, warum sie überhaupt im Madison County blieb, behielt sie für sich. Sie offenbarte ihm nicht, dass es da draußen vielleicht irgendwo einen Mann namens Robert Kincaid gab, der möglicherweise irgendwann nach ihr suchte. Es war ein romantischer, einfältiger Wunsch, eine Art Hoffnung, auf die sich eigentlich nur junge Mädchen versteifen, aber sie klammerte sich dennoch daran.

»Das kann man wohl sagen. Die Preise explodieren geradezu. Die hundert Hektar neben uns stehen zum Verkauf. Vielleicht hat der junge Matt ja Recht. Er will mich ständig überreden, das Land zu kaufen, und sei es nur zu Spekulationszwecken. Wie er sagt, bleibt es sowieso brach liegen.«

Francesca lächelte, nicht weil sie ihm etwa zustimmte, sondern lediglich als Zeichen, dass sie zuhörte. Sie langweilte sich und hoffte, dass Floyd endlich einen Gang einlegte und weiterfuhr.

Einen Augenblick später tat er ihr den Gefallen. »Pass auf dich auf, Frannie! Bis bald!«

»Auf Wiedersehen, Floyd. Danke, dass du angehalten und Hallo gesagt hast.«

»Keine Ursache. Ist mir immer eine Freude, dein Lächeln zu sehen.«

Floyd Clark lenkte den Chevy über die gefrorenen Schlammfurchen und holperte von dannen, zu Matt und seinen Expansionsplänen. Später sollte er sich breitschlagen lassen und Matt seine Einwilligung geben. Sie zahlten beinahe das Doppelte von dem, was die hundert Hektar tatsächlich wert waren, wenn man den Ernteertrag zu Grunde legte. Weitere achtzehn Monate später kam eine schwere Zeit über den Mittleren Westen und ließ die Grundstückspreise in Iowa um vierzig Prozent purzeln. Floyd gab den Bankiers die Schuld für sein finanzielles Desaster.

Ziemlich bald nach ihrem Gespräch mit Floyd umrundete Francesca eine Kurve und sah die Roseman Bridge. In diesem Moment begann ihr Herz jedes Mal zu hüpfen. Sie erinnerte sich, wie sie einst in einem Pick-up namens Harry um die Kurve gekommen war. Der August war in Hochform gewesen, und die Sonne hatte auf Iowa niedergebrannt, und nur wenige Minuten zuvor war ein Mann namens Robert Kincaid in ihr Leben getreten.

Sie erinnerte sich, wie er beim ersten Anblick der Brücke gelächelt und gesagt hatte: »Toll. Da mach ich eine Aufnahme bei Sonnenaufgang.« Danach hatte er sich den Rucksack über die Schulter gehängt, war die Straße entlanggegangen und hatte die Brücke erkundet, hatte geplant, wie er sie fotografieren würde. Sie erinnerte sich auch an den Strauß Wiesenblumen, den er ihr als Dank für die Führung gepflückt hatte.

Später hatten sie bei Eistee in der Küche gesessen und über ihre Leben geplaudert. Dann hatten sie Bier aus seiner Kühlbox getrunken, den von ihr gekochten Gemüseeintopf gegessen und einen Verdauungsspaziergang über die Wiese gemacht. Danach hatte es Brandy und Kaffee gegeben.

Die Roseman Bridge lag still da, an einem Novembermorgen, der immer trüber wurde. Ein Nordwestwind kam auf und wirbelte braune Disteln und liegengebliebenes Herbstlaub auf. Der rote Anstrich der Brücke blätterte ab, die grauen Partien waren verblichen, und sie war noch schiefer als 1965, ganz als ob sie versuchte, sich nach dem unter ihr fließenden Wasser zu bücken. Nach ihren hundert Lebensjahren schien sie einen langsamen Tod zu sterben, und offenbar interessierte sich niemand für ihr Dahinscheiden.

Der Middle River floss in dieser Jahreszeit seicht und klar dahin; bald würde er sich ergeben und den langen Winter über zufrieren. In der Mitte gluckste und schäumte er um den Stein, auf dem Robert Kincaid damals gestanden und zu ihr hochgesehen hatte; sie hatte durch einen Spalt zwischen zwei Seitenplanken gespäht.

Einige Dinge haben Bestand, sinnierte sie, Steine und Flüsse, alte überdachte Brücken. Einige Dinge nicht, wie heiße Augustnächte und all das, was sie mit sich bringen, und wir leben ohne sie weiter und sterben letztendlich und hinterlassen keine Spur von uns oder der verderbten und geschätzten zweiten Francesca, die sich mit der Farmersgattin aus Iowa Geist und Körper teilte.

Sie erinnerte sich an eine Geschichte, die Robert Kincaid ihr erzählt hatte, und lächelte. Er war für eine andere Reportage unter einer anderen Brücke gewesen und hatte seine kniehohen Gummistiefel getragen. Er hatte ein Weitwinkelobjektiv benutzt, um die Brücke so erscheinen zu lassen, als würde sie über ihm in der Ferne entschwinden. Als er das Foto gemacht hatte, steckten seine Stiefel tief im Schlamm fest. Er verlor das Gleichgewicht und kippte langsam nach hinten, wobei er die Kamera hochhielt, um sie zu schützen. Dann machte es platsch, und er landete flach auf dem Rücken im Matsch, die Stiefel standen noch kerzengerade im schlammigen Boden.

»Da lag ich also im Matsch, den Blick gen Himmel, und habe über mich selbst gelacht. Ich bin dann in Strümpfen weitergewatet und habe mich etwas weiter stromaufwärts gewaschen. Aber das Bild hatte ich im Kasten. Das ist das Einzige, was zählt.«

Sie hatte festgestellt, wie leicht es ihm fiel, über sich selbst zu lachen. Er hatte das während ihrer gemeinsamen Tage mehrmals getan.

Kincaid hatte gelächelt und erwidert: »Für mich stand schon immer fest, dass es zwei wichtige Reifemerkmale gibt. Eines ist die Fähigkeit, über sich selbst zu lachen. Die meisten Menschen nehmen sich selbst und ihr Leben viel zu wichtig. Sie tun sich schwer, die fundamentale Absurdität ihres ganzen Daseins zu erkennen. Ich hingegen amüsiere mich über all die idiotischen Dinge, die ich tue. Und da ich eine Menge idiotischen Kram mache, kann ich mich die meiste Zeit gut amüsieren.«

Francesca hatte ihn daraufhin gefragt, was seiner Meinung nach das zweite Reifemerkmal sei.

»Die Fähigkeit, die Leistungen anderer mit einem Lächeln zu bewundern, anstatt vor Neid und Missgunst zu platzen«, hatte er ohne zu zögern erwidert. »Ich erinnere mich noch, als ich zum ersten Mal in meinem Leben Bach gehört habe. Meine spontane Reaktion war zu lächeln. Später war mir meine Reaktion gegenwärtiger als das Stück, das ich gehört hatte; es war ein gutes Gefühl, und ich habe mich fortan bemüht, diese Einstellung zu behalten. Einmal saß ich in einem Café in Paris – das war vor dem Krieg – und lauschte einem Gitarrenspieler, einem Zigeuner namens Django Reinhardt, der nur noch zwei funktionierende Finger hatte. Die anderen beiden konnte er seit einem Brandunfall nicht mehr benutzen, aber er spielte trotzdem mit einem irrsinnigen Tempo und unglaublich rein. Damals war meine Reaktion die gleiche. Bewunderung, nicht Neid.«

Er hatte bei diesen Worten die linke Hand gehoben, den Ringfinger und den kleinen Finger in Richtung Handfläche angewinkelt und mit dem Daumen und den beiden anderen Fingern so getan, als würde er Gitarre spielen. »Irgendwo in meinem Archiv habe ich eine Aufnahme von Django Reinhardt, wie er an einer Hausmauer lehnt, einen Trenchcoat über den Schultern und eine Zigarette rauchend. Nur zwei Finger und der Daumen. Unglaublich.

In dem Zusammenhang fallen mir auch Fotos aus der mexikanischen Revolution ein, die ein Fotograf gemacht hat, dessen Namen ich nicht mehr weiß. Die Ausrüstung und die Filme, die er zur Verfügung hatte, waren tausendmal primitiver als meine. Trotzdem hat er hervorragende Bilder gemacht, geradezu unglaubliche Schüsse. Oder die Skulpturen von Theodore Roszak, die Bilder von Picasso und was es sonst noch so gibt. Statt neidisch zu sein, sollte man lächeln und versuchen, seine eigene Arbeit zu verbessern. Gegen seine eigenen Grenzen ankämpfen, statt sich um die Unvollkommenheit in den Werken anderer zu scheren. Doch die meisten Menschen handeln nicht nach dieser Devise; sie scheinen das Gegenteil zu tun. Wahrscheinlich, weil jammern weniger anstrengend ist, als zu handeln.«

Er hatte innegehalten und erneut gelächelt. »So ist das, wenn du jemandem, der so viel allein ist wie ich, eine simple Frage stellst. Du musst eine Predigt über dich ergehen lassen und bekommst mehr zu hören, als du je wissen wolltest. Tut mir Leid.«

Sechzehn Jahre später nun berührte Francesca mit der Hand die linke Eingangsseite der Brücke, die Stelle, an der sie den Zettel für ihn angepinnt hatte. »Falls Ihnen nach einem weiteren Abendessen ist, ›wenn weiße Nachtfalter wach werden‹, dann kommen Sie doch heute Abend nach der Arbeit vorbei. Kommen Sie, wann Sie wollen.«

Mein Gott, staunte sie, was war damals bloß in mich gefahren?

Diese Frage hatte sie sich schon viele Male gestellt. Das Risiko, einmal alles auf eine Karte zu setzen und in einem ansonsten tadellosen Leben eine Sünde zu begehen. Als sie das Bett mit einem anderen geteilt hatte und die verderbte und geschätzte zweite Francesca in ihr zum Vorschein gekommen war und von ihr Besitz ergriffen hatte, als für jene vier Tage dieses auf so seltsame Weise konzentrierte und nie wirklich beendete Drama seinen Lauf genommen hatte.

Ach – sie lächelte –, ich würde es noch einmal mit ihm tun, wegen ihm. Meine große Sünde, überlegte sie, ist wohl die, dass ich, abgesehen von dem einen oder anderen Augenblick, keine Reue empfunden habe und auch nie empfinden werde.

Eine Taube, die von einem Brückenbalken aufflog, schreckte sie aus ihren Gedanken. Sie nahm ihre Hand von dem alten hölzernen Geländer und trat ihren langen Nachhauseweg an. Dabei ging sie mit einer Bedachtheit und Gemessenheit, mit der sie fast alles in ihrem Leben angegangen war, ein Leben, das geprägt war von diesem immer gleich bleibenden Rhythmus, der in ihr manchmal das Verlangen weckte zu schreien. Robert Kincaid hatte ihr auf seine eigene Art geholfen, den Schrei zu ersticken. Danach war sie im Stande gewesen, sich mit ihrem Leben zu begnügen.

SIEBENTES KAPITEL

Die Eleganz des Zufalls

Robert Kincaid ließ sich durch Oregon treiben, einfach Richtung Süden die Küste entlang. Er war die Strecke schon ein paar Mal gefahren, doch seine letzte Tour lag mehr als sieben oder acht Jahre zurück, weshalb ihm dieser Streifen Amerikas wie neu erschien und er für alles offene Augen hatte.

In Coos Bay entluden Männer einen Frachter, und er benutzte sein 200-Millimeter-Objektiv, um einen Hafenarbeiter einzufangen, der gerade nach oben langte und mit einem Netz die Ladung sicherte. In Bandon hatte eine alte Frau ein kleines Holzhäuschen mit allem möglichen Treibgut voll gestopft, das sie in den zurückliegenden Jahrzehnten am Strand zusammengeklaubt hatte. Sie musste irgendwo in den Achtzigern sein, und ihr wüster grauer Haarschopf zeugte von all den Jahren, die sie im rauen, salzigen Wind zugebracht hatte. Doch sie versprühte eine Energie und hatte ein Funkeln in den Augen, als ob sie noch deutlich jünger wäre.

Vor dem Häuschen hingen an einem Lattenzaun mindestens fünfzig Bojen in den unterschiedlichsten verblichenen Farben, und als die Alte Kincaid draußen herumstöbern sah, forderte sie ihn auf: »Nur hereinspaziert, mein Junge, sehen Sie sich in Ruhe um. Ich habe hier jede Menge tolle Sachen, die Sie als Souvenir mit nach Hause nehmen können.«

Sie hatte angespülte Flaschen aus Australien, deren Glas von Meer und vom Sand abgeschliffen worden war. Stücke von Treibholz, an denen Teile von zerfetzten Netzen hingen. Am Geländer der Veranda lehnte ein Teil vom Rumpf eines Fischerbootes, und darauf lag der Griff eines zerschmetterten Ruders. Von dem Griff baumelte an einer Schnur ein Haifischzahn. Die Anzahl der ausgestellten Strandgutstücke schien endlos und war es vermutlich sogar, auch wenn es jenseits von einigen Konstrukten der Mathematik, der Physik und der menschlichen Gefühlswelt nur wenige Dinge gibt, die tatsächlich die Dimension der Unendlichkeit erreichen.

Kincaid fielen in ihrem Fenster ein paar wahllos zusammengestellte Flaschen unterschiedlicher Größe ins Auge, die von der späten Morgensonne angestrahlt wurden, und er fragte die alte Frau, ob er ein Foto davon machen dürfe.

Sie sagte, dass sie nichts dagegen habe, sofern er nichts kaputtmache, und fuhr emsig fort, Seemuscheln zu putzen.

Er studierte das Flaschen-Ensemble. Der Lichtstrahl fiel zunächst durch einen zerbrochenen Glaskrug, der auf einem Regal stand, wurde dann weitergeleitet auf eine große grüne Flasche, wo er erneut gebrochen und schließlich zu einer schlanken Weinflasche mit der an einer Seite eingearbeiteten Aufschrift *Italien 1940* geführt wurde. Im Endeffekt wurde das Sonnenlicht durch mehrere Prismen geleitet und vermischte sich mit den Farben der verschiedenen Glasflaschen. Ein Stillleben-Fotograf hätte das Ensemble mit noch so viel Zeit und in einem noch so gut ausgestatteten Fotostudio nicht besser arrangieren können, und die Eleganz des Zufalls hatte Kincaid schon immer fasziniert. Die Schönheit der Laune, wie er solche Phänomene zu nennen pflegte. Er brauchte fünfzehn Minuten für die Einrichtung der Kamera, wohingegen ihn die mechanische Umsetzung der Aufnahme, also das Auslösen des Verschlusses und der Weitertransport des Films, nur zwanzig Sekunden kostete.*

Nachdem er seine Ausrüstung zusammengepackt hatte, fragte er die alte Frau, was sie für die italienische Weinflasche haben wollte. Sie sah ihn schräg von der Seite an, musterte seine schlichte Kleidung und sagte, zwei Dollar wären okay. Sie packte die Flasche in Luftbläschenfolie ein und umwickelte das Päckchen mit Klebeband.

* Anmerkung des Autors: Kincaids Bild von den Flaschen wurde später von einem Sammler erstanden und 1993 an das San Francisco Museum of Fine Arts ausgeliehen, das es im Rahmen einer Ausstellung mit dem Titel »Amerikanische Fotografie: Irrlichternde Leben und unerwartete Fundstücke« zeigte.

»Ich hab da noch ein paar wunderschöne Walwirbelknochen, falls Sie auf solche Dinge stehen.«

Er bedankte sich für das Angebot, erklärte ihr, dass er im Moment eher keinen Bedarf an Walwirbelknochen habe, und fuhr weiter, immer die Küste entlang Richtung Süden.

Er erreichte Gold Beach, an der Mündung des Rogue Rivers, wo er ein halb gesunkenes Boot fotografierte und weitere fünf Bilder seines Technical-Pan-Films verbrauchte.

Ein Mann machte am Ufer fest, um ein wenig zu quatschen, und erzählte ihm, dass er gerade mit einer Lieferung zu einem flussaufwärts gelegenen Restaurant unterwegs sei und dass er Kincaid ein Mittagessen spendieren würde, wenn er ihn begleitete und ihm ein wenig Gesellschaft leistete. Highway ließ erkennen, dass er dem Schnellboot offenbar nicht ganz traute, doch Kincaid setzte ihn einfach hinein, und schon brausten sie davon. Highways Ohren flatterten im Fahrtwind, und das blanke Entsetzen stand ihm in den Augen geschrieben. Drei Stunden später waren sie wieder zurück an der Mündung des Rogue. Kincaid fand ein direkt am Wasser gelegenes Motel und war am nächsten Morgen schon in aller Frühe wieder auf der Straße.

Am späten Nachmittag war er bereits ein gutes Stück weit in Nordkalifornien und fuhr durch ausgedehntes Waldgebiet. Nach einer weiteren halben Stunde erreichte er Mendocino, das mit seinen verwitterten Dächern, den Lattenzäunen und den mit

Steinen und Treibholz unterteilten Blumenbeeten in gewisser Hinsicht ein bisschen aussah wie ein Fischerdorf, das man aus Neuengland an die Westküste verpflanzt hatte. Es lag ruhig auf einer kleinen, in den Pazifik hinausragenden Halbinsel am Highway 1, der auf der landeinwärts gelegenen Seite von Rotholzwäldern gesäumt wurde.

Er hielt an einer Chevron-Station und tankte. Dann ging er einmal um Harry herum und musterte ihn von allen Seiten. Das linke Vorderrad bereitete ihm etwas Kummer. Der Tankwart überprüfte den Reifendruck und stellte fest, dass er null Komma sieben bar zu niedrig war.

»Könnte ein kleines Loch sein. Soll ich den Reifen mal checken?«

Kincaid sagte Ja, spazierte in der Zwischenzeit ziellos die Main Street entlang und sah sich Schaufenster an. Buchläden, Antiquitätengeschäfte, zwei Bars, mehrere Cafés und eine ganze Reihe Kunstgalerien. Er bog nördlich in die Kasten Street ein und blieb vor einer Galerie stehen, in deren Schaufenster Fotografien ausgestellt waren. Der Name der Fotografin lautete Heather Michaels. Ihre Bilder waren konventionell, aber handwerklich einwandfrei, vor allem waren es Landschaftsaufnahmen in Schwarzweiß. Wie ihm die feine Körnung und der Detailreichtum verrieten, arbeitete Heather Michaels mit einer Großformatkamera, wahrscheinlich mit einer 4 x 5.

Er stand da, die Hände in den Hosentaschen vergraben, und studierte die Fotografien. Highway hatte sich neben seinem rechten Fuß niedergelassen, blickte zu ihm auf und sah aufmerksam zu, wie sein Herrchen etwas im Schaufenster anstarrte. Im Inneren der Galerie redete eine schlanke Frau in den Mittfünfzigern, die einen langen grauen Rock, eine bis zum Hals zugeknöpfte weiße Bluse und ein schwarzes Halstuch trug, gerade mit einer Kundin. Kincaid konnte sie durch das Fenster nicht besonders gut erkennen, außerdem hatte sie ihm ihr Profil zugewandt, aber irgendetwas in der Art, wie sie ihre Haare hochgesteckt hatte und ihre Hände einsetzte, um die Vorzüge des von ihr ausgestellten Kunstwerkes zu preisen, erregte seine Aufmerksamkeit. Ein Hauch des Wiedererkennens flackerte in ihm auf, verschwand wieder und flackerte erneut auf. Als ob ihn jemand mit einer Feder in den verschlungenen Windungen seiner Erinnerung kitzelte. Wo? Wann? Dieses lange Haar, diese fast musikalischen Gesten ihrer Hände.

Die Frau zeigte ihrer Kundin ein anderes Objekt und änderte dabei ihre Position. Er konnte jetzt mehr von ihrem Gesicht sehen, doch die Reflektionen auf dem Schaufensterglas ließen es immer noch nicht deutlich erkennen.

Drinnen sah Wynn McMillan an ihrer Kundin vorbei und warf einen schnellen Blick auf den etwas eigenartig aussehenden Mann vor dem Schaufenster. Es war vor allem seine allgemeine Erscheinung, die ihre Aufmerksamkeit erregt hatte. Er war alt und wirkte gleichzeitig doch nicht alt. Er war groß und schlank und trug Jeans, ein Khakihemd und Hosenträger. Nach Mendocino kamen alle möglichen Leute und manchmal auch komische Typen, aber irgendetwas an diesem Mann war völlig außergewöhnlich, etwas, das ihr irgendwie vertraut vorkam.

Das von der Seite einfallende Sonnenlicht erhellte seine rechte Gesichtshälfte und sein langes graues Haar, das in der Mitte gescheitelt und oben und an den Seiten nach hinten gebürstet war. Vom Meer kam eine Windböe und zerzauste seine Frisur ein wenig; er strich sich eine Haarsträhne aus dem Gesicht, straffte seine orangefarbenen Hosenträger und rückte an seinem Gürtel ein ledernes Futteral mit einem Schweizer Offiziersmesser zurecht. Die Sonne verschwand kurz hinter einer Wolke, ließ ihn für einen Moment in Schatten eintauchen, kam dann zurück und strahlte ihn wieder an.

Ihr lief ein Schauer über den Rücken, und sie verspürte den unwiderstehlichen Drang, nach draußen zu gehen und mit dem Mann zu reden. Doch in diesem Moment entschied sich ihre Kundin zum Kauf und zeigte mit einem kleinen holzgeschnitzten Zeigestäbchen auf eine der an der Wand aufgehängten Fotografien von Heather Michaels. Von der Kasse aus sah Wynn weiter durch das Schaufenster auf den Mann, der sie ebenfalls anzustarren schien. Ihre Kundin registrierte ihren Blick und wandte sich zum Schaufenster um.

»Kennen Sie den Mann da draußen?«, fragte sie und ließ unterschwellig anklingen, dass sie etwas ungehalten war, da Wynn McMillan ihr nicht ihre volle Aufmerksamkeit schenkte.

»Oh, entschuldigen Sie bitte, ich ... ich dachte für einen Augenblick, dass er mir bekannt vorkommt, aber ich kenne ihn wohl doch nicht.«

»Ein ziemlich eigenartiger Kauz, finden Sie nicht?« Ihre perfekt gekleidete Kundin, mit der sie schon öfter zu tun gehabt hatte, hatte eine Vorliebe für die britische Lebensart und Sprechweise.

»Ja, scheint wirklich ein merkwürdiger Typ zu sein. Aber Sie wissen ja, wir sind hier in Mendocino. Hier kommen die seltsamsten Vögel durch.« Sie packte das Bild ein, und als sie erneut aus dem Schaufenster sah, war der Mann verschwunden.

Robert Kincaid war wieder an der Chevron-Tankstelle und wollte gerade Harry starten, doch er zögerte, hatte die Hand schon am Türknauf und war drauf und dran, noch einmal zu der Galerie zurückzugehen. Im Umgang mit ihm unbekannten Frauen hatte er sich schon immer etwas unbeholfen angestellt; irgendwie brachte ihn seine eigene Anwesenheit in Verlegenheit, wenn sie ihn ansprachen. Er ging im Kopf noch einmal durch, wo und wann er die Frau womöglich getroffen hatte, schüttelte schließlich wie zur Selbstbestätigung den Kopf und startete den Motor.

Um sechs machte die Galerie zu, und Wynn McMillan ging nach Hause. Sie war immer noch ganz aufgerüttelt von diesem Mann, der sie durchs Schaufenster angestarrt hatte. Sie ging noch einmal hinaus und wanderte in der Hoffnung, ihn noch einmal zu sehen, zwei Stunden ziellos durch die Straßen von Mendocino. Doch sie konnte ihn nirgendwo entdecken und nahm für den Rückweg den Weg um die Landzunge, wo die Dunkelheit über ihr hereinbrach und sie ihren eigenen Fußstapfen lauschte und den plätschernden Wellen der Ebbe und dem Nachtwind, der durch die Zypressen strich. Dabei dachte sie an eine lange zurückliegende Nacht, in der die Wellen laut tosend an die Küste von Big Sur gerollt waren und sie für einen Mann, der gerade aus dem Krieg heimgekehrt war, Schubert gespielt hatte.

Fünfzig Meilen weiter südlich starrte Robert Kincaid geradeaus durch Harrys Windschutzscheibe und lauschte dem Summen, das seine Reifen auf jener Straße erzeugten, die ihn nach Big Sur führen würden, wenn er bis zum nächsten Morgen weiterfuhr. Er dachte über die sich kreuzenden Linien verschiedener Leben, Orte und Ereignisse nach, eine Ansammlung von Erinnerungen in einem dreidimensionalen Raum. Und dieser Raum wurde von der Zeit in einzelne Scheiben zerschnitten, wie eine Orange von einem Messer. Das Messer, das diese spezielle Erinnerung herausschnitt, war schon einige Jahrzehnte alt und ziemlich stumpf, doch immer noch scharf genug, um ihn in den Rückspiegel blicken und über sein Erlebnis in Mendocino nachgrübeln zu lassen. Sein Sinnieren über das Wo und Wann hatte eine vage Hypothese Gestalt annehmen lassen. Ein unwahrscheinlicher Zufall, ja, vielleicht. Aber wenn man jede Form des zufälligen Zusammentreffens als unglaubwürdig ausschloss, was blieb dann vom größten Teil des Lebens übrig? Nichts als die pure Existenz? Die Eleganz des Zufalls ist überall anzutreffen, und die Tatsache, dass wir überhaupt leben, ist ebenso wenig plausibel zu erklären, dachte er. Und irgendwo, in den Werkstätten, in denen die Hand des Herrn über das Wer und das Was bestimmt, sind der Zufall und der exakte Plan untrennbar miteinander verbunden, an einem Ort, an dem das Unwahrscheinliche wahrscheinlich wird und die Überraschung die Regel ist.

An diesem Abend lag Robert Kincaid, nachdem er zweimal wegen Highway abgewiesen worden war, in einem kleinen Hotel in Sonoma und dachte erneut an Mendocino. Und er dachte an jene Zeit zurück, als er noch jung war und braun gebrannt und gestählt von seinen Tagen an den Stränden von Tarawa. Entflohen oder befreit – je nachdem, wie man die Dinge sah – war er die kurvigen Straßen von Big Sur entlanggebraust, und hinter ihm eine Frau, deren Haare vom Wind zerzaust wurden und nach hinten flogen wie der in die ferne Vergangenheit eines älteren Mannes gerichtete Versuch, nach dem zu greifen, woran er sich erinnern wollte, was ihm auch beinahe gelang. Möglicherweise könnte er sich tatsächlich erinnern, wenn er sich nur zwänge, lange und aufrichtig nachzudenken.

Und bevor ihn an diesem Abend der Schlaf übermannte, hatte Robert Kincaid noch zwei letzte Gedanken: Er leugnete den Zufall und setzte doch auf ihn, und er wünschte sich, noch einmal jung zu sein, und zugleich, innerhalb der nächsten Stunde zu sterben.

ACHTES KAPITEL

Big Sur, 1945

Wynn McMillan kam mit dem Postlaster nach Big Sur. Als Gepäckstücke hatte sie ihr Cello und einen Koffer bei sich. Sie verfügte von klein auf über eine anmutige Ausstrahlung, die sie geerbt und weniger ihrem bisherigen Leben zu verdanken hatte, und diese Anmut übertrug sich zusehends auf ihre ganze Art und ihr Verhalten. Diese Qualitäten ergänzten in positiver Hinsicht ihre physische Erscheinung, die durch eine gewisse Kantigkeit und Unscheinbarkeit geprägt war. Mit ihrer gertenschlanken Figur und ihrem langen braunen Haar dürften die meisten in Wynn McMillan jedenfalls eine durchaus attraktive Frau gesehen haben.

Mit ihren neunzehn Jahren verfolgte sie keine speziellen Ziele und hatte nichts anderes im Sinn, als Musik zu machen und so zu leben, wie sie sich ein romantisches Leben vorstellte, und sie erfreute sich einer unverwüstlichen Zuversicht, die vor allem von dem Bewusstsein gespeist wurde, dass sie jung war und die Welt sich besseren Zeiten zuwandte.

Deutschland hatte gegenüber den Alliierten vor drei Tagen bedingungslos kapituliert, und ganz Amerika war in einem Zustand der Masseneuphorie, die sich allmählich zu einem allgemeinen Rausch zu steigern schien. Am fernen Horizont kam das Ende der Kämpfe in Sicht. Doch auf der anderen Seite des Pazifiks kämpfte sich Buckners zehnte Armee auf Okinawa immer noch nach Süden vor und traf auf den erbitterten Widerstand der Japaner. Zwischen der zehnten Armee und der japanischen Hauptinsel Kyushu, deren Eroberung für November vorgesehen war, lagen noch dreihundert Meilen.

Jack, der Postbote, steuerte seinen Laster um die engen Haarnadelkurven, wo mit viel Dynamit eine Straße aus dem einstigen Berg herausgesprengt worden war. Zur Linken blickte man auf das Panorama der Santa-Lucia-Bergkette, und zur Rechten ging es keine zwei Meter neben der Straße hundertzwanzig Meter tief zum Pazifik hinab. Manchmal schien die Kühlerfigur ins Nichts zu zeigen, und über der Figur konnte Wynn McMillan die Klippen von Big Sur sehen, die in den Pazifik hinausragten und sich wie die Falten eines dunklen, schweren Vorhangs nach Süden erstreckten.

Unter ihnen lag Nebel in den Schluchten, und das Meer war von den endlosen Wellen, von denen Tag für Tag achttausend auf die Küste zurollten, leicht gekräuselt. Als Jack hinabfuhr und sie durch das von Weiden und Wiesen geprägte Big Sur Valley kamen, sah Wynn blühenden Mohn und wilden Flieder. Ihre

Zukunft hätte nicht vielversprechender aussehen können.

Vor ihrer Reise und ihrem Start in einen neuen Lebensabschnitt hatte sie geduscht und sich frisch gemacht. Auf der anderen Seite des Pazifiks, einige Breitengrade unterhalb von Big Sur, hatte Robert Kincaid schon seit Wochen kein richtiges Bad mehr genommen, und seine Kleidung klebte an ihm wie vermoderndes Fleisch. Ohne dass er es wusste, hatten in den vergangenen zwei Monaten drei Fotos von ihm die Titel bedeutender Zeitschriften geziert. Als Herkunftsquelle der Fotos war lediglich angegeben »U. S. Marine Foto«.

Für ihre Fahrt mit Jack hatte Wynn McMillan sich die neueste Ausgabe von *Life* gekauft, die sie in ein Seitenfach ihrer riesigen Handtasche gestopft hatte. Auf dem Titel war ein Foto von einem Marine, der mit einem Flammenwerfer einen Bunker ausräucherte, während hinter ihm eine Gruppe weiterer GIs den Hügel hinaufstürmte. Kincaid hatte das Foto zehn Tage zuvor gemacht. Drei Stunden, nachdem er den Auslöser gedrückt hatte, war der Marine, der den Flammenwerfer in der Hand hielt, auf eine Mine getreten und getötet worden.*

---

* Anmerkung des Autors: Sieben von Kincaids Fotos vom Kriegsschauplatz im Pazifik erschienen später in einer Sammlung mit dem Titel »The Visual Art of War«. Die Fotos wurden einem anderen Fotografen zugerechnet, der die Negative vom Marine Corps erhalten und sie als seine eigenen Bilder ausgegeben hatte. Offensichtlich hatte Kincaid davon keine Kenntnis, oder viel-

Der schlabberige Filzhut auf Wynns Kopf passte nicht ganz zu ihrem leichten Frühlingskleid. Doch sie hatte sowohl das Kleid anziehen als auch den Hut aufsetzen wollen, also hatte sie es einfach getan und sich nicht darum gekümmert, dass die unterschiedlichen Stoffe überhaupt nicht zueinander passten.

Ihr Vater, der in Monterey ein angesehenes Herrenbekleidungsgeschäft führte, hätte ihre Kleidungsauswahl auf keinen Fall gutgeheißen, aber er hatte sowieso so ziemlich alles missbilligt, was seine Tochter in den vergangenen Jahren gemacht hatte. Die einzige Ausnahme bildete ihre Begeisterung für das Cello, und er liebte es, wenn sie ihm abends nach dem Abendessen etwas vorspielte, während ihre Mutter, Irene, die als Kino-Pianistin Stummfilme begleitete, das schmutzige Geschirr wegräumte. Dann saß er in einem frischen Hemd mit umgebundener Fliege und

leicht hat er auch, wie es seiner Art entsprach, einfach nur mit den Schultern gezuckt und war davon ausgegangen, dass eine derartige Unverfrorenheit schon von selbst ihre verdiente Strafe finden würde. Fünf Jahre später entdeckte ein Wissenschaftler, der sich mit der Geschichte der Fotografie befasste, den Fehler und veröffentlichte einen kurzen Artikel, in dem er die bewusst falsch gekennzeichnete Autorenschaft entlarvte, doch in zwölftausend Exemplaren der ersten Auflage, die sich zum Teil noch in Buchhandlungen, zum Teil in privater Hand befinden, ist der Fehler verewigt. Der Mann, der Kincaids Bilder als seine eigenen ausgegeben hatte, wurde ein bekannter Fotograf und arbeitete für eine renommierte Zeitschrift. Er schob die falschen Angaben auf einen Fehler des Verlags, doch er hat sich nie bei Kincaid entschuldigt und führte das Buch weiter wie selbstverständlich auf der Liste seiner Arbeiten an, als ob alle in dem Buch enthaltenen Fotos von ihm wären.

in astrein gebügelter Flanellhose in seinem bequemen Stuhl, lächelte mit geschlossenen Augen und bewegte hin und wieder den Kopf im Takt der Musik. Besonders stolz war er immer am Ostersonntag, wenn das Quartett, in dem seine Tochter mitspielte, bei der Morgenandacht in der presbyterianischen Kirche das musikalische Rahmenprogramm lieferte. Während Wynn ihrem Cello in E-Dur die schönsten Töne entlockte, drehte er sich nach allen Seiten um und nickte den Leuten zu, die sein Nicken mit einem Lächeln erwiderten.

Doch vom Cello abgesehen war ihm das Verhalten seiner Tochter ein Rätsel. Ähnlich wie Robert Kincaid hatte sie nie viel Wert auf formale Bildung gelegt und oft irgendeine Krankheit simuliert, um einen weiteren Tag dem zu entgehen, was sie als vertane, langweilige Schulzeit ansah. An solchen Tagen spielte Wynn auf ihrem Cello, las Bücher oder brachte sich im Selbststudium bei, mit Ölfarben zu malen. Und während sie die Woche über an vorgetäuschten Krankheiten litt, war sie am Wochenende plötzlich wieder putzmunter und half freiwillig stundenlang beim Roten Kreuz, Medikamentenpakete für die Front in Europa zu verpacken.

Als Teenager hatte sie angefangen, sich, wie ihr Vater fand, in der unmöglichsten Weise zu kleiden, in einem wirren Mischmasch aus Halstüchern und Blusen, und zu seinem allergrößten Verdruss, der Herr möge ihm beistehen, war sie mit ihrer langen, schlanken (einige würden vielleicht sagen knochigen) Statur in Männerhosen herumgelaufen. Von den jungen Männern, die gelegentlich für sie anriefen, schien ihm keiner konventionell genug.

»Irene, kennt deine Tochter nicht irgendeinen netten jungen Mann mit einer aussichtsreichen Zukunft?«

»Sie ist eine junge Frau, die genau weiß, was sie will, Malcolm. Ich denke, sie hat diese aufsässige Natur von deinen schottischen Vorfahren geerbt, auf die du immer so stolz bist. Ich habe einige Male mit ihr über solche Dinge gesprochen, und das Einzige, was sie dann tut, ist zu lachen und zu sagen: ›Oh, Mutter, also wirklich. Ich habe keine Eile, irgendjemanden zu heiraten. Da draußen wartet eine ganze Welt voller Kunst und Musik darauf, von mir entdeckt zu werden. Wenn es nach Daddy ginge, würde ich mir mit zwanzig einen Arzt oder einen Anwalt nehmen, mit ihm einen Hausstand gründen, Babys bekommen und mit meinem Cello nur noch Wiegenlieder spielen.‹«

Und so blieb Malcolm McMillan, der wie seine Frau immer noch um ihren gemeinsamen Sohn trauerte, der zwei Jahre zuvor bei der Einnahme von Salerno gefallen war, nichts anderes übrig, als enttäuscht den Kopf zu schütteln, als Wynn ihnen eröffnete, dass sie an einen Ort namens Big Sur reisen wolle, um dort bei dem Pianisten Gerhart Clowser Komposition zu studieren. Mit Big Sur assoziierte Malcolm Freidenkertum und Nonkonformismus, das war das Einzige, was er darüber wusste. Und als später einige Bewohner von Big Sur zur Freude der nach Sensationen gierenden Presse und ihrer Leser verbreiteten, dass in Big Sur dem Kult der Anarchie und des Sexes gehuldigt wurde, vertiefte das noch Malcolms Kummer.

An seiner trüben Verfassung vermochte aber auch Wynns Brief nichts zu ändern.

Ich lebe in einer Ein-Zimmer-Baracke, die aus alten Dynamitkisten zusammengezimmert wurde, die beim Bau des Highway One hier liegen geblieben sind. Kein Kühlschrank, kein elektrisches Licht, und aufs Klo muss man nach draußen gehen. Jake, der Postbote, bringt aus Monterey Petroleum, Kohle, Eier und all solche Dinge mit, wenn er die Post runterbringt.

Die Leute hier sind absolut faszinierend. Zen-Buddhisten, ein Experte in irischer Folklore und alle möglichen anderen, die ein immenses Wissen über Kunst, Archäologie, Linguistik und so weiter zu haben scheinen. Fast jeder betätigt sich künstlerisch, von der Bildhauerei über das Gedichtschreiben bis hin zur Holzschnitzerei. Aber es ist nicht so, wie die meisten Leute denken: Diejenigen, die hier ständig leben, müssen jeden Tag aufs Neue zusehen, wie sie über die Runden kommen. Es gibt hier viele, die Daddy »Gammler« nennen würde, einige davon Blender, die hier runterkommen, sich als Künstler ausgeben, sich aber in Wahrheit nie irgendwie künstlerisch betätigen. Meistens verschwinden sie ziemlich schnell wieder. Einer von diesen angeblichen Künstlern ist letzte Woche am Hurricane Point zu schnell in die enge Kurve gerast und über die Klippe gestürzt. Die Trümmer des Autowracks sind noch auf den Felsen darunter zu besichtigen. Wir haben alle eine kleine Exkursion da hoch gemacht und uns den Schrotthaufen angesehen. Die Leiche wurde bis heute nicht gefunden.

Ich lerne eine Menge über Komposition und Musik, vor allem von Mr. Clowser, der es übrigens mit seinen Konzerten in Europa zu einiger Berühmtheit gebracht hat. Nun ratet mal, wo ich ihn zum ersten Mal getroffen habe. Vor der nahe dem Highway gelegenen Hütte von Emil White, wo er Klavier gespielt hat. Er sagt, dass es das einzige Klavier ist, das ihm hier zur Verfügung steht.

Ich muss jetzt mit ein paar Leuten Feuerholz hacken, und anschließend machen wir uns auf den Weg zu Slate's Hot Springs, wo wir uns alle nackt ausziehen und ins Wasser springen.

Ich habe eine wunderbare Zeit und verdiene mir mit ein paar Gelegenheitsjobs ein bisschen Geld. Außerdem gebe ich einer jungen Dame und einem achtzigjährigen Dichter Cellounterricht. Und jetzt ratet mal, wer in einer Hütte auf Partington Ridge lebt. Niemand geringerer als Henry Miller. Bisher ist er mir noch nicht über den Weg gelaufen, aber ich hoffe, dass ich ihn bald treffe.

In Liebe
Eure Wynn

»Wer ist Henry Miller?«, fragte Malcolm McMillan seine Frau.

»Ein Schriftsteller.«

»Was für eine Art Bücher schreibt er denn?«

»Malcolm, ich glaube nicht, dass du das wirklich wissen willst.«

»Doch, sag es mir.«

»Er hat unter anderem *Wendekreis des Krebses* geschrieben. Aber in den USA kann man das Buch nicht kaufen.«

»Warum denn nicht?«

»Es wurde verboten, weil es als obszön gilt.«

»Obszön? In welcher Hinsicht?«

»Malcolm, ich kann mich nur wiederholen: Ich glaube nicht, dass du das wirklich wissen willst.«

∽

Vier Monate nach Wynn McMillans Ankunft in Big Sur fuhr ein einsamer Motorradfahrer die gleiche Straße entlang, auf der sie damals gekommen war, vorbei am Yankee Point und den Sur Hill Thrust hinab. Wenn man auf den vulkanischen Anhöhen bei Point Sur neben dem Leuchtturm gestanden und landeinwärts über die silbern schimmernden Lupinenfelder hinweggeblickt hätte, wäre der Motorradfahrer vor den Santa-Lucia-Klippen nur als kleiner schwarzer Punkt erschienen und beim Überqueren der hohen Brücken allenfalls als Silhouette. Vielleicht hätten hin und wieder die verchromten Teile seiner Ariel Four reflektiert und wären für einen Moment hell aufgeglitzert.

Seit ihrer Einführung im Jahr 1929 galt die Ariel

Four als ein beachtliches Motorrad, jedenfalls wenn man mehr an der Leistung des Motors als am allgemeinen Design der Maschine interessiert war. Robert Kincaid hatte kaum Ahnung von Motorrädern; für ihn war nur wichtig, wie sie aussahen und sich anfühlten. Nach den Jahren des Krieges, in denen er sich nie ohne Vorsicht und Angst hatte bewegen können und in denen er mit Tausenden anderer Männer dicht gedrängt in Schiffen und Bunkern zusammengelebt hatte, war ihm die Ariel, die da in San Francisco in einem Ausstellungsraum vor ihm gestanden hatte, wie ein Instrument der Freiheit erschienen.

»Dies ist ein seltenes Exemplar«, hatte der Verkäufer gesagt. »Ich habe sie einem Engländer abgekauft, der zurück wollte, um sein Land zu verteidigen. Mit der Kiste müssen Sie nach Süden runter, die Kurven und die Klippen entlang, da kriegen Sie das richtige Feeling für die Maschine. Gucken Sie sich das Schätzchen ruhig an. Wenn Sie hier am Gasgriff drehen, ist sie auf siebzig Meilen, bevor Sie sich's versehen.«

In Big Sur waren die goldenen Tage angebrochen, die Zeit der Sommernebel war vorbei, der Winterregen hatte noch nicht eingesetzt, und die nordamerikanische Platane, der Ahorn und die Schwarzeiche standen in voller Farbe, als Robert Kincaid die hohe Brücke über dem Bixby Creek passierte. Fein säuberlich hinter ihm verschnürt – und damit ganz anders, als er es aus dem Krieg kannte, dem er gerade entronnen war – befanden sich sein Schlafsack, eine kleine Kleidertasche und sein sonstiges Gepäck.

Weiter unten an der Küste sah er vor einer Hütte einen älteren Mann und eine junge Frau, die im Duett Cello und Piano spielten. Er nahm das Gas weg, ließ die Ariel ausrollen, machte den Motor aus und hörte ihnen zu. Das Rascheln der Schwarzeichenblätter verschmolz mit der Musik, und all das löste in seinem Gehirn derartige Empfindungen aus, dass ihm fast schwindelig wurde. An einem anderen Ort hatte er vor noch gar nicht langer Zeit die Mörser gehört und die Schreie und das metallische Klirren einrastender Panzergangschaltungen, und jetzt lauschte er der Musik und dem Geraschel der Blätter. Der alte Mann war über das Klavier gebeugt und bewegte im Takt zur Musik seinen grauen Haarschopf, während die junge Frau das Cello zwischen den Knien hielt und aufmerksam zu dem Pianisten sah, der hin und wieder die rechte Hand hob und dirigierte.

Einmal hörte er ganz auf zu spielen und wandte sich wild gestikulierend an die Frau: »Allegro, ja, Miss McMillan, aber Rachmaninow ist doch kein Pferderennen, also nicht presto, bitte, und mit einem viel sanfteren Strich. Wir machen dann bei Taktstrich zweiundvierzig weiter.« Er gab den Einsatz vor, begann wieder zu spielen, und sie begleitete ihn erneut. Und Robert Kincaid, zweiunddreißig Jahre alt und erschöpft vom tausendfachen Sterben, stützte sich auf seine Ariel und hörte zu.

Nach einer Weile kamen noch ein paar andere Leute hinzu, setzten sich ins Gras und lauschten der Musik. Sie waren sehr schlicht gekleidet, und die Männer sahen eher aus wie Waldschrate als wie ausgeflippte Künstler aus Big Sur, die sie vermutlich waren. Als die Musikstunde beendet war, kamen sie zu ihm herüber und stellten sich vor; sie waren sehr offen und freundlich. Die Cellistin packte ihr Instrument in eine Segeltuchtasche und gesellte sich zu ihnen.

Einer der Männer sagte: »Die hohen Zirruswolken sorgen in dieser Jahreszeit für wunderschöne Sonnenuntergänge. Wir gehen an den Strand und sehen zu. Komm doch mit, wenn du Lust hast. Harvey, der Typ da drüben, wird am Strand frische Flussforellen zubereiten, und die sind köstlich. Er hat sogar schon einmal einen Pinguin zubereitet, der auf dem Highway überfahren wurde, und ich kann dir sagen, ich habe selten etwas Leckereres gegessen.«

Am Abend aßen sie Harveys Forellen, unterhielten sich anschließend lange, lauschten einem Mann namens Hugh, der auf einer irischen Harfe spielte, und die Wellen, die gegen die Felsen anrollten, klangen wie das entfernte Grollen der Waffen auf dem Schlachtfeld. Für Robert Kincaid, der gerade erst dem blutigen Massenschlachten entronnen war, war es wie eine andere Welt, die ihm zugleich real und doch irgendwie unreal erschien. Er war wie benebelt von dem leisen Gelächter, den Stimmen, die über Philosophie, Kunst und Musik sinnierten, und den aufrüttelnden Erinnerungen daran, wo er gewesen war und was er gesehen hatte. Seine Haut war kupferfarben, seine Augen alt, und wenn ihn jemand über sein Leben fragte, sagte er nur, dass er herumgereist war.

Der Cellistin, die Wynn hieß, fiel auf, dass er wenig sagte, und sie setzte sich neben ihn, um ihn aus seiner Grübelei zu reißen. Sie stellte sich vor und schüttelte ihm die Hand. Er nannte ihr ebenfalls seinen Namen, aber wie es bei solchen Zusammenkünften häufig der Fall ist, bleiben die Namen von Fremden nicht hängen und werden schon gar nicht im Langzeitgedächtnis gespeichert.

Nachdem sie sich zwanzig Minuten mit ihm unterhalten hatte, fragte sie: »Wie war noch mal dein Vorname?«

»Robert«, sagte er. »Und du heißt ... Wynn hattest du gesagt, oder?«

»Ja, ein schottischer Name.« Sie buchstabierte ihn für ihn. »Mein Vater ist sehr stolz auf seine Abstammung.«

Sie sah ihn an, und im flackernden Licht des Lagerfeuers fiel ihr auf, was jedem an ihm als Erstes auffiel: seine Augen. Augen, die so aussahen, als ob sie durch alles, was sie erfassten, hindurchblickten auf irgendetwas dahinter Liegendes. In diesen Augen, ja in all seinen Bewegungen lag zugleich etwas Furcht Erregendes und etwas Liebenswürdiges, etwas von einem Krieger und zugleich eine Andeutung von einem Dichter, als ob in ihm noch ein anderer steckte, jemand aus einer längst vergangenen Zeit. Sie hatte das Gefühl, wenn sie ihm einen Spiegel vors Gesicht hielte, würde sich irgendetwas Fremdartiges und Wildes widerspiegeln.

»Was machst du? Von was lebst du, meine ich? Wie

ich vorhin aufgeschnappt habe, bist du herumgereist.«

»Ich war im Südpazifik, bei den Marines. Bin gerade erst zurückgekommen. Vor dem Krieg habe ich als Fotograf gearbeitet, und wenn's klappt, will ich das auch wieder tun.«

»Und was hast du bei den Marines gemacht?«

»Das Gleiche. Fotografiert.«

Er starrte auf den Sand und fand es erstaunlich, dass er dort ruhig saß, anstatt mit seinen Einmeterfünfundachtzig zwischen den umherzischenden Maschinengewehrkugeln den Strand entlangzurobben. Für einen Moment war er wieder auf den Atollen, beugte sich über seinen Assistenten und rief nach einem Arzt. Dann riss ihn die Stimme der Frau erneut aus seinen Gedanken.

»Ich komme manchmal am Nachmittag hierher und übe auf meinem Cello. Wenn du Lust hast, kannst du ja morgen mitkommen, und wir machen aus meiner Musikstunde ein kleines Picknick.«

Das Feuer brannte allmählich herunter, und nach und nach gingen die Leute zu ihren Behausungen auf den Hügeln und in den Canyons.

Zu seiner Rechten hörte er jemanden sagen: »Das geht schon klar. Jake bringt mir am Mittwoch Petroleum mit. Ich habe gleich eine Ration für mehrere Monate bestellt, also kann ich dir problemlos ein bisschen abgeben.«

Einige schüttelten Kincaid die Hand, sagten ihm, dass es nett gewesen sei, ihn kennen gelernt zu haben, und entschwanden in die Nacht. Ein Mann, der Lawrence hieß, kam zu ihm und lud ihn ein, bei ihm zu übernachten, ein Angebot, das Kincaid gerne annahm.

Die Wellen rollten immer noch mit einem Tosen gegen die Felsküste, das jetzt klang, wie wenn von den amerikanischen Kriegsschiffen aus den langrohrigen Geschützen gefeuert wurde. Auf Betio hatte sich ein Arzt über seinen Assistenten gebeugt und gesagt: »Tut mir Leid, er war tot, bevor er den Boden berührt hat.« Dann hatte er dem jungen Mann, der von Kincaid das Fotografieren lernen wollte, die Erkennungsmarke abgerissen und dabei festgestellt: »Diese gottverdammten Scharfschützen. Halten Sie den Kopf unten. Die Scharfschützen sitzen da drüben in der Ruine, in der irgendein Japs seinen Laden hat.«

»Wie sieht's aus?«, fragte die junge Frau. »Picknick oder kein Picknick?«

»Oh, ja. Oh ... das klingt ... großartig. Es wäre mir ein Riesenvergnügen.«

»Gut. Dann treffe ich dich an der Abfahrt vom Highway um, sagen wir, zwei Uhr Mittag. Übermorgen besuchen wir übrigens Henry Miller. Du kannst gerne mitkommen.«

Er kannte Henry Miller. Obwohl dessen Bücher in den USA verboten waren, gingen sie bei den Soldaten in Übersee von Hand zu Hand.

»Ja, das könnte interessant sein. Seine Bücher sind zwar nicht unbedingt mein Fall, aber es wäre bestimmt – na ja, wie ich schon sagte – interessant eben.«

»Oh, Henry ist im Moment ziemlich harmlos. Er schlendert wie alle anderen ein bisschen umher und versucht, den leichtgläubigen Leuten aus dem Weg zu gehen, die regelrechte Pilgerfahrten veranstalten, um ihn zu sehen, und in Wahrheit nichts anderes erwarten als kreuz und quer herumliegende nackte Körper in den unterschiedlichsten anstößigen Positionen.«

∽

Malcolm McMillan sah seine Tochter immer noch so, wie sie mit fünfzehn war, ein bisschen schlaksig und, wie er immer dachte, mit zu wenig Fleisch auf den Knochen.

»Das Mädchen muss mehr essen«, hatte er zu seiner Frau gesagt.

»Malcolm, du hast nicht richtig aufgepasst. Seit etwa zwei Jahren füllt sie ihre Kleidung zusehends in einer sehr weiblichen Weise aus. Mit der Art, in der sie sich kleidet, verbirgt sie das freilich meistens recht gut. Außerdem wirkt sie längst nicht mehr so verlegen wie früher, sondern stattdessen ziemlich anmutig, würde ich sagen.«

Als Robert Kincaid auf dem Highway die Ariel abbremste und direkt vor Wynn McMillan zum Stehen kam, konnte er trotz ihrer ausgebeulten Hose und durch ihren leichten Pullover hindurch die Formen und Rundungen ihres Körpers erkennen. Erst vor kurzem hatte sich ein Hauch der alten Begierde in ihm zurückgemeldet. Die Umstände des Krieges auf einer entlegenen Insel und die dadurch erzwungene Enthaltsamkeit hatten ihn all seine Energie darauf verwenden lassen, zu überleben und seinen Job zu erledigen. Wenn man einmal von den Krankenschwestern absah, die jedoch genauso ausgelaugt und erschöpft waren wie die Infanteriesoldaten, existierten Frauen unter diesen Umständen nur in abstrakter Form: als Rita-Hayworth-Pin-up in der beengten Mannschaftskabine eines Truppentransporters, als zerknülltes Bild von Lauren Bacall in der Brusttasche eines Marines, als Fotos von Ehefrauen und Freundinnen, die herumgereicht wurden, damit man sie bewundern und in der Einsamkeit wenigstens ihren Anblick teilen konnte. Und sie existierten natürlich in Form der samtigen, schmeichelnden Radiostimmen unterschiedlicher Frauen, die unter der Sammelbezeichnung Tokyo Rose bekannt waren und die GIs fortwährend zu überreden versuchten, angesichts ihrer hoffnungslosen Lage doch lieber zu desertieren.

Doch die Sonne war warm, und der vor ihm liegende Nachmittag erschien ihm wie ein neues Leben, das ihm die Vorsehung geschenkt hatte. So sah er es, denn im Grunde, so dachte er, hatte er ja auch nichts Besseres oder Schlechteres verdient als jene Männer, die mitunter sogar in dem Moment getötet worden waren, in dem er sie fotografiert hatte. Für den Krieg waren sechzehn Millionen amerikanische Soldaten mobilisiert worden, vierhunderttausend waren gefallen oder später an den Folgen ihrer Verwundungen gestorben. Die Japaner hatten zwei Millionen gefallene Soldaten zu beklagen.

»Hallo«, begrüßte Wynn ihn, als er sich von der Ariel schwang. Sie lächelte, und er dachte, dass sie sehr hübsch war.

»Hallo, ein toller Tag heute, was?«, erwiderte er, und plötzlich wurde ihm bewusst, dass es wohl angebracht war zurückzulächeln. Zu lächeln und ganz natürlich und normal zu lachen waren Dinge, die er von Grund auf neu erlernen musste.

»In Big Sur ist es eigentlich so gut wie immer schön. Bleib ein bisschen, dann wirst du es selber sehen.« Sie unterstrich die Aufforderung, indem sie den Kopf ein wenig neigte.

Immer noch lächelnd musterte Kincaid ihr Cello und den Weidenkorb, der neben ihr stand, und klopfte auf den Sitz der Ariel. »Sieht so aus, als bräuchten wir einen Logistikoffizier, ist ja fast so kompliziert wie die Anlandung auf Guadalcanal, obwohl das in einem ziemlichen Chaos geendet ist. Da ich zum Lenken beide Hände brauche, schnalle ich den Korb am besten zusammen mit meinem Rucksack auf dem Gepäckträger fest. Wenn du dir das Cello mitsamt Kasten über die Schulter hängst, kannst du dann hinter mir Platz nehmen, und ich werde es ganz langsam angehen lassen und zusehen, dass wir nicht im Wasser landen.«

Das Gelände fiel zum Strand hin ab und war dicht mit nordamerikanischen Platanen bepflanzt. Sie bildeten ein schattiges Dach, und durch die Blätter fielen einzelne Sonnenstrahlen und erzeugten auf der Straße ein scheckiges Muster. Kincaid stellte die Ariel etwa dreißig Meter vom Meer entfernt an einem Felsen ab, deutlich oberhalb der von ihm vermuteten Hochwasserlinie.

Wynn McMillan zeigte nach Norden. »Wir könnten die Küste entlanggehen und dann um die Landzunge herum an einen schönen kleinen, windgeschützten Strand. Allerdings müssten wir die Gezeiten im Auge behalten. Im Moment ist Ebbe, aber wenn die Flut kommt, ist der Weg um die Landzunge abgeschnitten, und man muss entweder die Klippen hinaufklettern oder auf das nächste Niedrigwasser warten.«

Kincaid hatte an der einen Seite seines Gürtels eine Feldflasche befestigt und an der anderen das Schweizer Offiziersmesser. So ausgerüstet, hängte er sich das Cello über die rechte Schulter und hievte sich den Rucksack auf die linke. Wynn trug den Weidenkorb, in den sie Schinkensandwiches, Kartoffelsalat und zwei Flaschen Rotwein gepackt hatte. Ursprünglich hatte sie nur eine Flasche mitnehmen wollen, aber als sie daran dachte, wie der Mann am Vorabend im flackernden Schein des Lagerfeuers ausgesehen hatte, war sie zu dem Schluss gekommen, dass eine zweite Flasche nicht schaden konnte. Man wusste ja nie.

Sie redete über Musik und das Meer und ihre wachsende Liebe zu Big Sur, und ihm fiel auf, wie sie ihre Hände beim Reden einsetzte, mit schnellen, kunstvollen, geradezu musikalisch anmutenden Bewegungen. Er sah zu, wie sie Muscheln sammelte, und dachte, dass es lange her war, dass Seemuscheln für ihn etwas anderes gewesen waren als lästige Miststücke, die einem schmerzende Schnittwunden zufügten, wenn man sich auf sie warf oder über sie hinwegrobbte, um den Strand hinaufzukommen.

Sie sah ihn über die Schulter an, lächelte warm und drehte sich zu ihm um: »Warum trägst du eigentlich gleichzeitig einen Gürtel und diese breiten Hosenträger? Ist das Ausdruck irgendwelcher inneren Ängste?«

Kincaid lachte. »Ich trage nicht immer beides. Es hängt ganz davon ab, was ich tue. Aber wenn ich die Feldflasche, den Belichtungsmesser, das Messer und noch ein paar andere Dinge an meinem Gürtel befestige, rutscht mir die Hose runter. Und um das zu vermeiden, trage ich dann zusätzlich die Hosenträger.«

Er genoss die Neugier und die Begeisterung, mit der sie allem begegnete, was sie um sich herum wahrnahm, und erfreute sich an ihren Hüften, die er hin- und herschwingen sah, wenn sie vor ihm ging, und nach einer halben Stunde Fußmarsch über den festen Sand hatten sie die Landzunge umrundet.

Später schrieb er die folgenden Zeilen:

Wir kamen am Nachmittag an einen kleinen Strand, zogen unsere Schuhe aus und durchwateten einen seichten Bach, der aus den Bergen kam und über den Sand in den Pazifik floss. Das Wasser hatte eine eigenartige bläulich-purpurne Farbe, die, wie ich später herausfand, daher rührt, dass der Bach auf seinem Weg durch die Berge vulkanisches Felsgestein passiert. Ich sah zu, wie die Wellen auf die Klippen zurollten, und hätte um ein Haar eine ungewöhnliche Spur zu meinen Füßen übersehen. Der Abdruck war etwa neunzig Zentimeter breit, glatt, und an beiden Seiten war der Sand im jeweils gleichen Abstand etwas tiefer eingedrückt.

Ich ging in die Hocke und betastete die Spuren, als ob sie mir erzählen könnten, von wem sie stammten. Von den Brechern und meinem eigenen Atem abgesehen, war es absolut still. Ich verfolgte die Spur mit den Augen hinunter zum Wasser. Am Ende der merkwürdigen Stapfen sah ich etwas großes Braunes. Etwas großes Braunes, das sich bewegte. Ich sah zu der Frau. Sie hatte es auch gesehen, was auch immer es war.

Ich hatte nur eine kleine Sucherkamera dabei und holte sie aus meinem Rucksack, während ich mich auf das Wasser zubewegte. Ich ging sehr vorsichtig. Dies war nicht mein Territorium. Ferner kannte ich mich, was die Pflanzen- und Tierwelt der Berge und des Meeres anging, nicht besonders gut aus, und allein die Größe dieses Tieres war Furcht erregend. Ich machte einen Bogen und versuchte dieses Etwas, das da in nicht einmal dreißig Metern Entfernung vor mir lag, von vorne zu sehen.

Schließlich sah ich das Gesicht; der Kopf ruhte auf einem viereinhalb Meter langen Körper, der einige tausend Pfund wiegen musste. Es war ein eigenartiges, irgendwie trauriges Gesicht mit einem Rüssel und mit großen braunen Augen, die aussahen wie glatt geschliffene Strandkiesel. Mit Hilfe seiner Schwimmflossen schob sich das Tier über den Sand in Richtung Wasser. Es sah mich, hob den Kopf, um besser sehen zu können, senkte ihn wieder und legte sich wie ein Hund, der auf einem Teppich alle viere von sich streckt, mit platt gedrücktem Kinn auf den Sand und sah mich mit blinzelnden Augen an.

Aus sechs Metern Entfernung blickten die braunen Augen klar und deutlich in meine Linse. Sie sahen mich direkt an, mit einem Ausdruck von Furcht oder zumindest vorsichtiger Neugier, während ich in die Hocke ging und nach dem passenden Winkel suchte. Mir schossen die Gedanken durch den Kopf, die ich schon immer gehabt habe, wenn ich in den Lebensraum anderer Lebewesen eindringe und sie störe; schließlich stand völlig außer Frage, dass die Frau und ich eine friedvolle Szenerie gestört hatten, die gut und gerne auf uns hätte verzichten können.

Ich ging im Kopf die Bilder sämtlicher Tierbücher durch, die ich mir je angesehen habe. Eigentlich hätte ich diese Tierart kennen müssen, aber der Name fiel mir einfach nicht ein. Ein Seelöwe war es nicht. Dafür war es zu groß und hatte auch die falsche Nase. Auch kein Walross, obwohl es durchaus so aussah und vom Verhalten her eins hätte sein können. Obwohl ich noch nie besonders gut darin war, mir die Namen von irgendwelchen Dingen zu merken, und sowieso der Überzeugung bin, dass wir viel zu versessen darauf sind, alles um uns herum mit irgendwelchen Etiketten zu versehen, ärgerte es mich, dass mir der Name dieses Lebewesens da vor meinen Augen einfach nicht einfiel.

Für ein gutes Foto war das Tier falsch platziert. Flach im Sand, und gleich dahinter Felsen, die genau die gleiche Farbe hatten wie sein Fell. Aber das war mir egal. Ich ging mit der Kamera ein bisschen in die Hocke und nahm es so, wie es war. Dann fiel es mir plötzlich ein. Es war ein Seeelefant, eine Art, die im neunzehnten Jahrhundert beinahe von Jägern ausgerottet worden wäre und die man immer noch äußerst selten zu Gesicht bekommt. Er hatte den ganzen Tag und vielleicht sogar die vorangegangene Nacht weit oben auf dem Strand verbracht und kämpfte sich nun zum Wasser vor.

Zweimeterwellen donnerten gegen die alten Felsen, und der Seeelefant stürzte sich mit einem Satz ins seichte Wasser, hielt noch einmal für einen Moment inne und sah zu mir und der Frau zurück. Als er in tieferes Wasser kam, verschwand seine Unbeholfenheit zusehends. An Land war er ein schwabbelnder Haufen Masse. Im Wasser sah die Sache völlig anders aus. Plötzlich glitt er schnell und geschmeidig unter die Wasseroberfläche und verschwand zwischen zwei Felsen in einem engen Kanal.

Ich richtete mich auf und sah zu der Frau. Sie kam zu mir und legte mir den Arm um die Taille. Ich suchte immer noch das Wasser nach dem Seeelefanten ab, bis sie mich am Ärmel zupfte und ich zu ihr hinabsah.

»Das war etwas ganz Besonderes, Robert«, sagte sie. »Diese Tiere lassen sich nur äußerst selten hier blicken.« Sie lächelte und sah mir direkt in die Augen.

Nach einer kurzen Pause fügte sie hinzu: »Ein biss-

chen so wie du, ich meine... jemanden wie dich sieht man auch nicht alle Tage.«

Im Sand blieb eine neunzig Zentimeter breite, zum Wasser führende Spur mit Flossenabdrücken an beiden Seiten zurück. Ich verstaute die Kamera wieder im Rucksack und musste immer noch an die braunen Augen des mirounga angustirostris denken, wie er mich studiert hatte und im Kopf seine Handbücher durchgegangen war, bis er mich schließlich erkannt und sich in die Brandung gestürzt hatte und im tiefen Wasser verschwunden war. Und damit war er weg.

Die Frau breitete vor einem Felsvorsprung, der von der Höhe und Breite geeignet war, ihr als Sitz zu dienen, eine Decke aus. Sie holte ihr Cello aus dem Kasten, stimmte es, setzte sich auf den Felssitz und begann zu spielen. Ich legte mich in den Sand, dachte daran, wo ich in den vorangegangenen drei Jahren gewesen war, und versuchte dann, nicht mehr daran zu denken. Der Sand war warm, und ich blieb lange so dort liegen und wollte um nichts in der Welt woanders sein.

Der folgende Morgen begann mit dichtem Nebel. Robert Kincaid suchte etwas trockenes Holz zusammen und entfachte das Feuer neu, das er am Abend entzündet hatte und das fast die ganze Nacht über gebrannt hatte. Er und Wynn McMillan lagen Händchen haltend im Sand, und er merkte, wie er wieder jünger wurde und die Folgen jenes Krieges abschüttelte, der junge Männer in Greise verwandelt hatte.

Sie fröstelte, und einzelne Strähnen ihres langen

Haares hatten sich aus dem Kamm gelöst, mit dem sie es sauber und ordentlich hochgesteckt hatte. Dennoch lächelte sie und küsste ihn, küsste ihn noch einmal. Und so lagen sie da und hielten einander, bis der Himmel eine austernfarbene Tönung annahm und die Sonne als ein blasses, diffuses Licht durch den Nebel brach. Sie hatten sich gerade zum dritten Mal geliebt, seitdem sie an den Strand gekommen waren.

»Wirst du nun in Big Sur bleiben?«, fragte sie etwas später.

Er setzte sich auf, klopfte sich den Sand von den Händen, zog sich die Stiefel an und begann sie zuzuschnüren. »Ich kann nicht bleiben. Ich brauche Arbeit und muss bei *National Geographic* anrufen und fragen, ob sie was für mich zu tun haben. Vor dem Krieg haben sie mir häufig Aufträge gegeben. Ich denke daran, mich in der Gegend um San Francisco niederzulassen. Das ist nicht so weit von hier. Also können wir uns problemlos jederzeit sehen.«

»Ich weiß. Aber manchmal wünschte ich, das Leben wäre immer so wie das hier, wie die letzte Nacht, wie dieser Morgen.« Sie lehnte sich gegen ihn, spürte sein klammes Hemd und zupfte an seinem Kragen herum.

Er hatte seinen Kopf gegen ihren gelehnt und roch die See in ihrem Haar. Aus dem Nebel tauchte ein Schwarm brauner Pelikane auf und zog in ungerader Linie nur wenige Meter über dem Wasser dahin. Sie verschwanden im Dunst und wurden von Möwen ersetzt, die ihrer morgendlichen Beschäftigung nachgingen. Es war ein wunderschöner Augenblick, und Robert Kincaid bedauerte, dass man ihn nicht in Aspik einlegen und für alle Zeiten konservieren konnte. In ihm herrschte eine gewisse Rastlosigkeit. Vor ihm lag ein zweites Leben, und es drängte ihn, es in die Hand zu nehmen und etwas daraus zu machen.

Wynn McMillan öffnete die beiden oberen Knöpfe seines Hemdes, küsste seine Brust, schmiegte sich für einige Momente an ihn und spürte seine Haut, während er ihr liebevoll übers Haar strich und die darin verstreuten Sandkörner zwischen den Fingern fühlte. Sie drehte den Kopf, zeigte, gegen ihn gelehnt, aufs Meer und flüsterte: »Wie es heißt, kommen im März die Grauwale.«

NEUNTES KAPITEL

Herbst 1981

Sechsunddreißig Jahre und drei Monate nach den herbstlichen Strandtagen in Big Sur hatte ein trüber und gnadenloser November in South Dakota Einzug gehalten und bot das unmissverständliche Vorspiel für einen bevorstehenden harten Winter. Fast alle Lebewesen, die der Kälte fliegend oder auf Beinen entkommen konnten, waren entweder gen Süden gezogen oder hatten sich tief in die Erde eingegraben. Carlisle McMillan registrierte die veränderte Stimmung der Menschen, die sich mit gedrückten, resignierten Gesichtern darauf vorbereiteten, die kommenden Monate überwiegend in ihren Häusern zu verbringen. Sogar ihre Körper wirkten gebeugt, als ob ihnen ein Rückenpanzer gewachsen wäre und sie den Kopf eingezogen hätten, um bis zum einsetzenden Tauwetter im März oder April die Luft anzuhalten.

Die Bibliothek in Falls City war völlig überheizt, die Heizkörper des archaischen, mit Kohle betriebenen Systems waren bis zum Anschlag aufgedreht und rasselten und zischten. An diesem späten Vormittag war die Bibliothek nahezu menschenleer, und außer den zischenden Heizungen war nur das Rascheln einer Zeitung zu hören, in der eine ältere Frau herumblätterte, sowie das nahezu geräuschlose Werkeln einer Bibliothekarin, die Bücher in die Regale einsortierte. Die Bibliothekarin hatte schon zweimal zu Carlisle hinübergesehen und sich gefragt, ob da wohl ein Indianer aus Rosebud oder Wounded Knee in die Bücherei gekommen war.

Carlisle suchte im *Who's Who* nach einem Eintrag unter dem Namen Robert Kincaid, wurde aber nicht fündig. Die Frau am Auskunftstresen sah in ihrem Verzeichnis sämtlicher vorhandener Lexika nach und informierte ihn, dass es ähnlich dem *Who's Who* ein spezielles Nachschlagewerk für Fotografen gebe.

»Es müsste bei den Nachschlagewerken in der zweiten Reihe stehen, glaube ich, etwa da, wo Sie auch den *Who's Who* gefunden haben.«

An einem ordentlich polierten Tisch von gediegener Machart und aus einem Holz, das seinen Zuspruch fand, strich Carlisle mit den Fingern über die Eichenplatte und starrte auf das vor ihm liegende Buch. Er öffnete das Kapitel mit den Einträgen unter dem Buchstaben »K« und überflog die kurzen Artikel, bis er fand, was er suchte.

Kincaid, Robert L., geb. 1. August 1913, Barnesville, Ohio; Vater: Thomas H., Mutter: Agnes; verh. Marian

Waterson, 1953, gesch. 1957; U. S. Army 1931–35; US Marine Corps 1942–45. Bedeutende Auszeichnungen: »Hervorragende Leistungen«, *Amerikanische Fotografenvereinigung;* »Lebenslange exzellente Arbeit«, *Internationale Zeitschrift für Fotografie;* Freier Fotograf, vor allem tätig für *National Geographic.* Zudem Arbeiten für *Life, Time, Globetrotter* und ähnliche bedeutende Zeitschriften. Auf exotische, manchmal gefährliche Orte spezialisierter Fotojournalist. Bekannt vor allem für seine poetische Wiedergabe alltäglicher oder gewöhnlicher Objekte. Adresse: unbekannt.

Robert Kincaid, wer auch immer er war, musste jetzt achtundsechzig sein, dachte Carlisle und studierte aufmerksam sämtliche aufgeführten Informationen. Er ging ins Zeitschriftenmagazin der Bibliothek, fand die gebundenen Ausgaben des *National Geographic* und schleppte einen Arm voll Bände, die Jahrgänge ab 1978, zu einem anderen Tisch. Er brauchte eine Stunde, um die Ausgaben durchzublättern, und stieß dabei auch auf zwei Artikel, die ihn interessierten, doch von einem Autor oder Fotografen namens Robert Kincaid fand er nichts.

Er beschloss, methodisch weiterzusuchen, und arbeitete sich Jahrgang für Jahrgang zurück. In der Ausgabe vom Februar 1975 stieß er schließlich auf eine Reportage über die Weizenernte in den Great Plains mit groß herausgestellten Fotos von Robert Kincaid. In den Ausgaben von 1974 und 1973 fand er weitere Fotoreportagen von ihm, und in einer Fußnote zu einer Geschichte über den Acadia National Park wurde erwähnt, dass Kincaid sich beim Fotografieren einen Fußknöchel gebrochen hatte. Carlisle gefielen nicht nur die Fotos von diesem Kincaid ausgesprochen gut, sondern er bewunderte auch dessen Ausdauer und Stehvermögen. Mit neunundfünfzig war er immer noch mit seiner Kamera da draußen gewesen und hatte sich an den Klippen entlanggehangelt.

Carlisle gönnte sich in einem Café am Hauptplatz ein Mittagessen und ging zurück in die Bibliothek, um seine Suche fortzusetzen. Je weiter er sich zurück durch die Jahrgänge arbeitete, desto häufiger stieß er auf Fotoreportagen von Robert Kincaid. In einer Ausgabe von 1967 fand er schließlich, was er gesucht hatte. Mit Hinweis auf eine Geschichte über die Abholzung der ostafrikanischen Urwälder war auf der Rückseite der Zeitschrift ein Bild des Fotografen. Robert Kincaid hockte an einem afrikanischen Fluss, hielt die Kamera in Brusthöhe und studierte offenbar irgendetwas, das sich direkt vor ihm befand. Sein langes Haar fiel ihm ein gutes Stück über den Hemdkragen, und um den Hals trug er ein silbernes Kettchen, an dem eine Art Medaillon hing.

Carlisle lief ein Schauer über den Rücken, er lehnte sich für einen Augenblick zurück und starrte an die hohe Decke des Carnegie-Gebäudes. Der Mann auf dem Foto trug breite, orangefarbene Hosenträger. An die Hosenträger hatte Wynn sich erinnert.

Eine große Gruppe Schulkinder kam laut schwatzend in die Bibliothek und ließ es sich trotz der ständigen Ermahnungen des Lehrers nicht nehmen, lärmend über den Boden zu schlittern. Carlisle saß für ein paar Minuten regungslos auf seinem Platz und starrte das Foto des Mannes mit den Hosenträgern an, der irgendwo in Ostafrika an einem Fluss hockte und eine Kamera in der Hand hielt. Er klebte ein Markierungszettelchen der Bibliothek auf die Seite und arbeitete sich weiter zurück durch die alten Ausgaben des *National Geographic*.

Insgesamt fand er achtundzwanzig Reportagen mit Fotos von Robert Kincaid, einige waren bereits Ende der dreißiger Jahre erschienen. Bei sechs Reportagen war er auch als Autor des Textes genannt. Es gab vier verschiedene Bilder, auf denen Kincaid selbst zu sehen war, das älteste von 1948. Damals war sein Haar noch nicht ergraut, und auch wenn Carlisle nicht ausschloss, dass die Feststellung seiner Einbildung entsprang, schien das Haar in seinen Augen den gleichen Braunton zu haben wie sein eigenes. Auch die Nase und die Wangenknochen sahen mit ihren indianischen Zügen ähnlich aus wie bei ihm. Hingegen war Carlisle eindeutig größer als Kincaid, worin seine Abstammung von wilden schottischen Stammeskriegern zum Ausdruck kam, wie seine Mutter immer festzustellen pflegte.

Er kopierte sämtliche Reportagen, an denen Robert Kincaid mitgewirkt hatte, und die vier Fotos, auf denen er selbst zu sehen war. Eigentlich wollte er auch noch andere größere Zeitschriften von den dreißiger Jahren an aufwärts durchsehen, doch die Bibliothek schloss an diesem Tag wegen einer Betriebsversammlung früher als sonst. Er kopierte zu Ende und ging zu seinem Wagen. Während er die vierzig Meilen zu seinem nordwestlich von Salamander gelegenen Haus zurückfuhr, wurde ihm bewusst, wie sehr er sich bei seiner Suche inzwischen auf Robert Kincaid versteift hatte und andere Möglichkeiten weitgehend ausschloss. Gewiss, es gab noch mehr »Roberts«, doch aus irgendeinem Grund hatte sich Robert Kincaid in seinem Hirn festgesetzt, und so hatte er nicht einmal nachgesehen, ob auch andere Fotografen dieses Vornamens im *National Geographic* etwas veröffentlicht hatten.

Er sah hinaus auf seine Scheinwerfer, die den dunklen Novemberabend durchschnitten, und fragte sich, was für ein entlegener, durch Klopfzeichen gewiesener Pfad ihn möglicherweise dahin geführt hatte, sich ausschließlich auf diesen einzigen Robert zu konzentrieren, der mit Nachnamen Kincaid hieß. Er gelangte zu der Überzeugung, dass seine Fixierung auf Robert Kincaid wohl daher rührte, dass Wynns Beschreibung von dem Mann, den sie in Big Sur kennen gelernt hatte, so gut zu Buddys Bericht über das Motorrad passte.

Zu Hause breitete Carlisle an diesem Abend sämtliche Fotokopien auf dem Boden aus und sortierte sie nach den Orten, an denen die Fotos gemacht worden waren. Die meisten waren in fernen Gegenden wie Indien, Afrika, Guatemala, Spanien oder Australien entstanden. Für zwei Reportagen war Kincaid in Kanada gewesen, und die Geschichten aus den Vereinigten Staaten verteilten sich auf eine Reportage aus Iowa, eine aus den Bayous Louisianas, eine aus Maine und zwei aus dem Far West.

Dumptruck erhob sich von seinem Platz unter dem Holzofen und ließ sich schnurrend auf einem Stapel Fotokopien nieder.

»Zeit fürs Abendessen, was, Dicker? Tut mir Leid, dass ich dich etwas vernachlässigt habe.«

Während Dumptruck sich über eine Dose Tunfisch hermachte, hielt Carlisle eine der Kopien direkt unter die Küchenlampe und studierte sie. Das kopierte Foto war gestochen scharf, und von dem Bild sah ihn Robert Kincaid an. Er legte die Kopie wieder hin, hielt sie erneut unters Licht und starrte sie an. Gott, er hatte etwas übersehen, und da war es: das Armkettchen am rechten Handgelenk. Wynn hatte es erwähnt. Hosenträger, Armkettchen, ein »A« auf dem Tank des Motorrads und ein Mann namens Robert L. Kincaid, der ein solches Motorrad 1945 angemeldet hatte.

Carlisle ging an seinen Tisch, studierte das Diagramm, das er vor kurzem gezeichnet hatte, und die Liste mit den Hinweisen, die ganz am Anfang seiner Suche gestanden hatte. Dann erstellte er auf einem Notizblock eine Tabelle und begann leicht zu zittern, als er daranging, die einzelnen Anhaltspunkte abzuhaken.

Als er fertig war, blieb, anders als auf seiner ursprünglichen Liste, kein Feld leer.

	Robert L. Kincaid
»A« = Ariel Four Bike	✓
– Reg. SF. 9/45	✓
Fotograf	✓
– viel gereist	✓
– Freiberufler	✓
– Zeitschriften	✓
Zweiter Weltkrieg	✓
– Marines	✓
Armband	✓
Hosenträger	✓
»Anfang dreißig« =	
1945 zweiunddreißig Jahre alt	✓

»Dumper, allmählich wird es ein bisschen unheimlich«, wandte er sich an den Kater, der auf dem Wohnzimmerboden hockte und sich genüsslich das Fell leckte. Carlisle lehnte sich auf die Fensterbank und sah hinaus in die Dunkelheit von South Dakota.

In dieser Nacht lag er lange wach. Er lauschte dem knisternden Ofenfeuer im Wohnzimmer und dachte über Robert Kincaid und über die Reportagen nach, die er gelesen hatte. Der Mann in den Jeans und den Khaki-Hemden und mit den Hosenträgern war wirklich viel herumgekommen, ein Nomade, der über die ganze Erde zog. Wenn er wirklich der Mann aus Wynns Erinnerung war, war es kein Wunder, dass sie sich aus den Augen verloren hatten. Seine Mutter war in jüngeren Jahren häufig umgezogen, und auch Kincaid hatte sich, wie es schien, nie besonders lange an einem Ort aufgehalten. Carlisle rief sich noch einmal die Augen von Robert Kincaid in Erinnerung, und der Mann sah ihn an, von irgendwo in Ostafrika.

Zwei Tage nach seinen Recherchen in der Bibliothek

∽

von Falls City rief Carlisle McMillan in Washington, D. C., beim Hauptsitz des *National Geographic* an. Er hatte vergessen, dass es in Washington schon eine Stunde später war, und die Sekretärin sagte ihm, dass gerade alle in der Mittagspause seien, ob sie ihm vielleicht weiterhelfen könne. »Nach wem suchen Sie noch einmal?«

»Sein Name ist Robert Kincaid. Ich habe einige Reportagen gelesen, an denen er mitgewirkt hat, und demzufolge hat er in den Jahren zwischen 1930 und 1975 häufig für Ihre Zeitschrift gearbeitet. Ich versuche ihn ausfindig zu machen. Möglicherweise ist er mit mir verwandt.«

»Verstehe. Wie es scheint, betreiben im Moment alle möglichen Leute Ahnenforschung. Mein Mann ist gerade dabei, den Stammbaum seiner Familie zu rekonstruieren. Ich werde wohl eine Minute brauchen, wollen Sie so lange dranbleiben?«

»Klar, ich bleibe dran.« Carlisle klopfte mit einem Bleistift auf seinem Notizblock herum und wartete. Dumptruck sprang mit einem Satz auf seinen Schoß und schnappte nach dem Stift, woraufhin Carlisle ihn schnell von einer Tischkante zur anderen flitzen ließ. Der Kater ließ den Stift keinen Moment aus den Augen und versuchte ihn immer wieder zu fassen zu kriegen. Draußen hing der Himmel tief, es war düster, und Eisregen prasselte gegen die Fensterscheibe.

Die Sekretärin meldete sich wieder. »Tut mir Leid, dass es so lange gedauert hat. Aber ich musste in etwas älteren Unterlagen nachsehen. Wenn wir über denselben Robert Kincaid reden, haben Sie Recht. Er hat tatsächlich jahrelang häufig für *National Geographic* gearbeitet. Unseren Unterlagen zufolge hatte er seinen letzten Auftrag im Jahr 1975. Scheint ein ziemlicher Weltenbummler gewesen zu sein. Irgendjemand hat ganz oben auf seine Akte geschrieben: ›Geht an jeden Ort der Welt und bleibt so lange, bis der Job erledigt ist. Absolut zuverlässig, kommt nie mit leeren Händen zurück.‹«

»Können Sie Ihren Unterlagen entnehmen, ob er am Zweiten Weltkrieg teilgenommen hat?«, fragte Carlisle. Er hörte, wie am anderen Ende in Papieren geblättert wurde.

»Ja, er war bei den Marines. Hier ist eine alte Eintragung; demnach wurde er im September 1945 im Alter von zweiunddreißig Jahren vom Militär entlassen. Es war sein zweiter Einsatz. Er war vorher schon einmal bei der Army gewesen, die er 1935 verlassen hat. Danach hat er angefangen, für uns zu arbeiten, und als der Zweite Weltkrieg losging, wollte ihn das Militär offenbar zurückhaben, doch diesmal wurde er zu den Marines einberufen. Er wurde in Barnesville, Ohio, geboren und hat dort die High School besucht und abgeschlossen. Das ist alles, was ich hier vorliegen habe – abgesehen von einer langen Titelliste von Artikeln, an denen er mitgearbeitet hat, aber die scheinen Sie ja bereits zu kennen.«

Sie machte eine kurze Pause und fuhr fort: »Mir fällt gerade noch etwas ein. Wenn ich mich nicht irre, habe ich die Unterlagen über Robert Kincaid vor einem Jahr schon einmal hervorgeholt. Jemand anders hat auch nach ihm gefragt.«

»Haben Sie eine Ahnung, wer es gewesen sein könnte? Ein Mann oder eine Frau?«

»Mal überlegen. Ich glaube, es war eine Frau, aber ich bin nicht sicher. Ich hatte gerade erst hier angefangen und habe den Anruf an einen der Herausgeber weitergeleitet. Er bat mich, ihm die Unterlagen über Robert Kincaid herauszusuchen. An mehr kann ich mich nicht erinnern. Ich würde Sie ja mit dem Herausgeber verbinden, aber er hat die Zeitschrift inzwischen verlassen, und ich weiß leider auch nicht, wie man ihn erreichen kann.«

»Haben Sie vielleicht eine Adresse oder eine Telefonnummer von Mr. Kincaid?«

»Ich habe hier eine Adresse in Bellingham, Washington, und eine Telefonnummer steht auch dabei.«

Carlisle notierte sich die Adresse und die Telefonnummer, bedankte sich bei der Frau für ihre Hilfe und legte auf. Er überlegte einen Moment und wählte dann die Nummer in Bellingham, obwohl er nicht genau wusste, was er sagen sollte, falls sich Robert Kincaid tatsächlich meldete. Doch er hätte sich keine Gedanken darüber machen müssen. Am anderen Ende meldete sich der Vertreter einer Versicherungsgesellschaft und sagte ihm, dass die Versicherung die Nummer vor zwei Jahren übernommen habe, als die neue Filiale eröffnet worden sei. Es tue ihm Leid, aber ob Carlisle vielleicht über eine neu ins Programm genommene innovative Form der Lebensversicherung mit ihm reden wolle? Carlisle wollte nicht.

Als Nächstes versuchte er es bei der Handelskammer von Bellingham, doch deren Einwohnerverzeichnis zufolge lebte kein Robert Kincaid in dieser Stadt. An der genannten Adresse befand sich ein neues Einkaufszentrum, das im Jahr 1979 errichtet worden war. Carlisle war frustriert und für einen Moment sogar regelrecht deprimiert, er fühlte sich, als ob er an der falschen Seite durch ein Teleskop blickte. Kurzfristig war es so erschienen, als ob er ganz nah dran wäre, doch jetzt sah die Sache wieder völlig anders aus. Der Mann namens Robert Kincaid konnte sich an jedem Ort aufhalten oder genauso gut längst tief in der Erde begraben sein.

Er war kurz davor, das Projekt aufzugeben. Das Ganze lag einfach zu lange zurück, zu viele Spuren endeten in einer Sackgasse, und im Grunde war er hinter einem kaum fassbaren Schatten her, auf dessen tatsächliche Existenz man kaum einen halben

Penny setzen konnte. Der einzige Weg, sich halbwegs Gewissheit zu verschaffen, bestand darin, diesen Kincaid zu finden und ihn zu fragen, ob er im Herbst 1945 in Big Sur an einem Strand eine Frau geliebt hatte. Und selbst das würde noch keine hundertprozentige Gewissheit liefern. Wenn in Big Sur wirklich alles so frei und freizügig zugegangen war wie in Wynns Erinnerung, konnte seine Mutter damals auch gut und gerne ein Verhältnis mit einem anderen Mann gehabt haben. Er hatte diese Möglichkeit bisher noch gar nicht in Betracht gezogen und hatte keine Ahnung, wie er ihr mit so einer Frage kommen sollte.

Nach zweistündigem Holzhacken und einer Dusche stand er am späten Nachmittag auf der Veranda vor seinem Haus und sah hinaus in die Landschaft Richtung Wolf Butte, das im Nebel verschwunden war. Dann ging er ins Haus, setzte sich an den Ofen und nahm sich erneut sämtliche kopierten Artikel vor. Er suchte nach einem weiteren Hinweis, nach einem neuen Anhaltspunkt, nach irgendetwas, das er übersehen hatte.

Acht Meilen von dem Ofen entfernt, an dem Carlisle die Artikel studierte, fuhr ein alter grüner Pick-up die Hauptstraße von Salamander, South Dakota, entlang. Auf beiden Türen des Pick-ups stand in verblichenen, kaum noch lesbaren Buchstaben »Kincaid Fotografie, Bellingham, Washington«. Robert Kincaid parkte und ging in eine Kneipe, die Leroy's hieß. An der Theke saßen drei Männer mit Cowboyhüten und in Cowboystiefeln, die sich laut lachend unterhielten, doch als Kincaid die Kneipe betrat, verstummten sie und musterten den Neuankömmling mit argwöhnischen Blicken.

Leroy kam hinter der Theke hervor und fragte den Fremden, was er trinken wolle.

Kincaid sagte ihm, dass er jetzt gerade keinen Durst habe, und fragte nach dem Mann, der ihm vor ein paar Jahren als Führer gedient hatte, als er westlich der Stadt ein archäologisches Ausgrabungsprojekt fotografiert hatte.

»Yeah, er wohnt gleich auf der anderen Seite der Straße über dem Laden, in dem früher ›Lester's TV und Elektro‹ war. Er ist streitsüchtig wie eh und je.«

Kincaid überlegte es sich anders, bat Leroy um ein Sixpack Bier und überquerte damit die Straße. In dem Zimmer über Lester's brannte Licht. Er stieg die Treppen hoch und klopfte. Während er wartete, bückte er sich und massierte seinen schlimmen Fußknöchel.

»Wer zum Teufel ist da, und was wollen Sie?«, rief von drinnen eine alte, krächzende Stimme.

Kincaid sagte, wer er war, und im nächsten Moment ging die Tür auf.

»Bei Gott, der Hippiefotograf aus dem fernen Westen!« Er klopfte Kincaid auf die Schulter. »Ich weiß, dass Sie kein Hippie sind, aber Ihre verdammte Mähne erinnert mich immer an diese Bastarde, die nichts Besseres zu tun haben, als in der Gegend rumzuvögeln. Kommen Sie rein, und machen Sie's sich bequem. Und bringen Sie das Bier mit, das Sie da in der Hand haben. Ist ja 'ne Ewigkeit her – wann war das noch, als Sie hier diese ganzen Fotos geschossen haben?«

Kincaid sagte ihm, dass es acht Jahre her war, und fragte, ob er vielleicht Highway nach oben holen dürfe, um ihn nicht allein im Wagen lassen zu müssen.

»Klar, Mann«, erwiderte der alte Mann. »Ich kenn ihn zwar nicht, aber ich mag Hunde gerne. Hab selten einen gesehen, der nicht über die wahren guten Charaktereigenschaften verfügt – Zuverlässigkeit, Loyalität, Ehrgefühl und all das. Kann ich von der Mehrzahl der Menschen nicht sagen, die ich kennen gelernt habe.«

Mit seiner Einstellung könnte der alte Knabe gut ein Motel in Astoria, Oregon, führen, dachte Kincaid, während er Highway über die knarrenden Treppen nach oben führte, die nur von einzelnen, von der Decke baumelnden nackten Glühbirnen beleuchtet wurden.

Und so wurde es Abend. Sie redeten über das Leben und die Straße und die Kriegsjahre, in denen die Frage nach dem Falsch oder Richtig für jedermann so klar und eindeutig auf der Hand gelegen hatte und viel zu junge Menschen mit den Freiheiten jongliert hatten wie mit zerbrechlichen Kristallkugeln, obwohl sie, wie sie selber auch, noch viel zu unreif gewesen waren, um damit zu hantieren. Und sie redeten von der großen Liebe des alten Mannes zu einem französischen Mädchen, das er während des Zweiten

Weltkrieges nach der Befreiung von Paris kennen gelernt hatte.

Kincaid fragte nach dem Mann mit dem Akkordeon, der manchmal im Leroy's gespielt hatte.

»Yeah, Gabe spielt immer noch da. Aber nur noch samstagabends, Sie sind also ein bisschen früh dran. Wenn Sie bis Samstag hier rumhängen wollen, können wir rübergehen, uns voll laufen lassen und die Arschlöcher niederbrüllen, wenn sie sich darüber beschweren, dass Gabe zu viele Tangos spielt und zu wenig Cowboy-Scheiß. Zufällig war Gabe damals zur gleichen Zeit in Paris wie ich und hat die Tangos dort in den kleinen Cafés von den einheimischen Musikern gelernt. Diese Musik ist mir wirklich ans Herz gegangen. Wenn diese Lieder samstagabends über die Straße zu mir herüberschallen, werde ich immer ein bisschen schwermütig. Erinnert mich an Paris ... und an Amélie.«

Kincaid sagte, dass er gerne bleiben würde, dass er aber am nächsten Morgen unbedingt weitermüsse.

»Wenn es nur für eine Nacht ist, können Sie sich auf meinem Sofa hinhauen. Geben Sie mir mal 'ne Kippe rüber, ich sehe ein Päckchen in Ihrer Hemdtasche. Meine sind mir vor zwei Tagen ausgegangen, und mein verdammtes Bein, das ein oder zwei Jahre, nachdem Sie hier waren, von einem Frontlader platt gemacht wurde, hat mal wieder verrückt gespielt, deshalb konnte ich die ganzen zwei Tage die Bude nicht verlassen.«

Kincaid drehte mit Highway noch eine Runde und

ließ ihn sein Geschäft erledigen. Inzwischen ging ein Eisregen nieder, und die Hauptstraße von Salamander war völlig verwaist; nur vorm Leroy's standen ein paar Autos. Kincaid machte einen kurzen Stopp an seinem Pick-up, holte seinen Schlafsack heraus und stieg erneut die Treppen zu der Wohnung des alten Mannes hinauf. Auf halbem Weg stach ihm ein heftiger Schmerz in der Brust. Er stützte sich an der Wand ab und wurde auf einmal kurzatmig. Gleichzeitig wurde ihm etwas übel, als ob sein Kreislauf jeden Moment zusammenzubrechen drohte. Nach zwei Minuten war der Anfall vorüber. Er stieg die restlichen Treppen hoch und wunderte sich über sich selbst.

Bevor sie sich schlafen legten, fragte der Alte: »Haben Sie eigentlich je etwas von dieser merkwürdigen Geschichte mitgekriegt, die sich da draußen bei den Ausgrabungen abgespielt hat, die Sie so emsig fotografiert haben?«

Kincaid schüttelte den Kopf.

»Es ging einen oder zwei Monate nach Ihrer Abreise los. Es gab schon länger Gerüchte über alle möglichen unheimlichen Vorgänge, über Lichter, die über Wolf Butte aufzuckten, und irgendwelche Leute faselten etwas von Riesenvögeln, die nachts über der Ausgrabungsstätte kreisen. Wie ich bereits sagte, lauter wirres Zeug. Jedenfalls ist der Ausgrabungsleiter eines Tages von einem steilen Schuttberg gestürzt und war sofort tot. Danach haben alle, die dort gearbeitet haben, schleunigst ihre Sachen gepackt und sich aus dem Staub gemacht.«

Kincaid überlegte einen Moment, bevor er antwortete. »Das ist wirklich ein verrückte Geschichte. Ich erinnere mich, dass es unter den Archäologen Gerede über einen antiken Kult gab, bei dem es um die Verehrung irgendwelcher Priesterinnen ging; das Ganze hatte etwas mit den negativen Folgen einer Zivilisation zu tun, die über die Landbrücke aus Asien kam und sich hier verbreitet hat.«

»Egal«, seufzte der alte Mann. »Ist eh alles aus und vorbei. Vor kurzem hat sich ein junger Kerl unweit von Wolf Butte auf dem Hof des alten Williston niedergelassen; er scheint sich jedenfalls keine Sorgen zu machen. Aber wie auch immer, ich glaube, wir sind beide dem Kollaps nahe. Vielleicht mache ich am besten endlich das Licht aus, und wir hauen uns aufs Ohr.«

»Eine gute Idee«, entgegnete Kincaid. »Ich bin vollkommen k.o.«

In der Nacht hatte es etwas geschneit, und Kincaid brauchte am nächsten Morgen ein paar Minuten, um Harry vom Schnee zu befreien. Aus dem ersten Stock des benachbarten Gebäudes lehnte sich der alte Mann aus dem Fenster und rief zu ihm herab: »Warten Sie nicht wieder so lange, bis Sie das nächste Mal einen Stopp in Salamander einlegen. Sie können jederzeit bei mir unterschlüpfen!«

Kincaid winkte ihm zu, fuhr rückwärts aus der Parklücke und fuhr los gen Osten, Richtung Iowa.

ZEHNTES KAPITEL

Andere Möglichkeiten

Carlisle McMillan rief seine Mutter in Mendocino in der Kunstgalerie an.

Sie klang erfreut. »Carlisle, schon wieder du. Ich habe ja in den letzten Wochen mehr von dir gehört als in den ganzen letzten Jahren.«

»Wynn, ich muss dich etwas wirklich Persönliches fragen. Ich würde es nicht tun, wenn es für die Suche nach meinem Vater nicht von entscheidender Bedeutung wäre.«

Wynns Stimme wurde weicher, doch in ihr schwang eine Andeutung von Wachsamkeit mit. »Na gut, was hast du auf dem Herzen?«

»Gab es ... ich meine ... verdammt, ganz schön schwer, ausgerechnet seine eigene Mutter so etwas zu fragen ... Also, gab es damals in Big Sur noch einen anderen Mann, mit dem du ein Verhältnis hattest?« Carlisle atmete einmal tief durch. »Was ich damit sagen will, ist: Ist es denkbar, dass ich möglicherweise nach dem falschen Mann suche?«

Am anderen Ende herrschte für einen Moment

Schweigen. »Carlisle, ich habe dir nie groß etwas verschwiegen, aber womit du da jetzt auf einmal kommst, ist doch fast ein bisschen unverschämt, meinst du nicht?«

»Doch, du hast ja Recht. Aber wie ich bereits sagte: Es ist enorm wichtig. Möglicherweise verfolge ich die komplett falsche Spur.«

»Ich verstehe.« Ihre Stimme war immer noch sanft, offenbar überlegte sie.

Carlisle wartete und deutete ihr Schweigen so, dass seine Befürchtung offenbar nicht ganz unbegründet war.

Schließlich antwortete Wynn ohne Umschweife. »Die Antwort lautet Ja. Es gab zwei weitere Männer, und du kannst mir glauben, dass ich mir, als ich wusste, dass ich schwanger war, ziemlich genau überlegt habe, wer als dein Vater in Betracht kommt. Mr. X schied aus, weil der Zeitpunkt nicht passte. Oder ich hätte eine Schwangerschaft von elf Monaten gehabt haben müssen. Mr. Y kam erst ins Spiel, als ich bereits schwanger war, auch wenn ich es zu jenem Zeitpunkt noch nicht mit absoluter Sicherheit wusste. Es ist ... ganz schön schwer, mit meinem Sohn ... mit dir über solche Dinge zu reden.«

»Weißt du ... Wynn ... es liegt mir fern, all dies irgendwie zu beurteilen, auch wenn es meine eigene Mutter betrifft. Ich brauchte einfach die Information, das ist alles, und es tut mir Leid, dass ich dir diese Frage stellen musste. Aber für mich gab es keine andere Möglichkeit, es herauszufinden.«

»Ich weiß. Oh, da kommt gerade ein Kunde durch die Tür. Ich muss auflegen. Bei unserem nächsten Telefonat erzähle ich dir, was mir neulich Merkwürdiges passiert ist.«

»Wenn es wichtig ist, erzähl es mir jetzt.«

»Wahrscheinlich ist sowieso nur wieder meine Fantasie mit mir durchgegangen.«

»Okay. Dann vielen Dank, Wynn.«

»Nichts zu danken, ich denke, du hattest ein Recht, zu fragen. Wenn du das nächste Mal anrufst, lass uns über das Wetter oder etwas Ähnliches reden.«

»Okay. Tschüss.«

»Tschüss, Carlisle.«

Er blieb noch lange neben dem Telefon sitzen, starrte auf die vor ihm liegenden Fotokopien und das Gesicht von Robert Kincaid und dachte angestrengt nach.

ELFTES KAPITEL

Die Roseman Bridge

Francesca Johnson stand in ihrem Wohnzimmer und sah hinaus in den Regen. Seit dem Morgengrauen ging ein Schauer nach dem anderen nieder und verwandelte die Viehweiden in triefende, platte Flächen. Aus dem fernen Flussbett des Middle River stieg Nebel auf, der im Verlauf des Tages stetig auf das Haus zuzuwabern schien. Die Außentemperatur war auf beinahe null Grad gefallen, so dass es am frühen Abend vermutlich schneien würde; das prophezeite jedenfalls Radio WHO aus Des Moines.

Das Telefon an der Küchenwand klingelte. In dem einsamen und stillen Haus klang es wie aus weiter Ferne. Francesca nahm beim vierten Klingeln ab.

»Hi, Mom«, meldete sich Carolyn aus Burlington, Vermont. »Ich wollte nur mal hören, wie es dir geht.«

Francesca lächelte. Die Kinder klangen so erwachsen, wenn sie von weit her anriefen; für sie selbst hingegen waren sie immer noch jung. Carolyn war zweiunddreißig, Michael ein Jahr älter, und sie hatten beide mit ihrem eigenen Leben und ihren Ehen zu kämpfen. Carolyn war im achten Monat schwanger mit ihrem zweiten Kind, weshalb es in den ersten Minuten ihres Telefonats fast nur um Babys ging.

»Kannst du zu uns kommen, wenn das Baby da ist?«, fragte Carolyn. »Das Timing müsste eigentlich perfekt sein. Meine Vorlesungen enden zehn Tage vor dem errechneten Termin. Dann lege ich eine Pause ein, in der ich mich um Melinda kümmere und dem Baby einen guten Start gebe, und danach beginne ich mit meiner Examensarbeit.«

»Ich versuche es. Nein, was sage ich denn da? Natürlich komme ich.«

»Gut. Du musst wirklich hin und wieder mal weg von der Farm, Mom. Seitdem Dad tot ist, habe ich das Gefühl, dass du nur noch Tag für Tag einsam und allein in deinem Haus hockst.«

»Aber nein, Carolyn. Es geht mir wirklich sehr gut. Mach dir um mich keine Sorgen. Ich habe jede Menge Beschäftigung.« Das stimmte zwar nicht ganz, aber langweilen tat sie sich auch nicht. »Ich lese viel, und außerdem habe ich ein- oder zweimal im Monat einen Job als Aushilfsdozentin in Winterset.«

»Versuchst du immer noch, den Leuten ein bisschen Literatur näher zu bringen?«

»Ja, aber nur mit mäßigem Erfolg.« Dass sie jedes Mal, wenn sie ihren Schülern W. B. Yeats vorstellte, an Robert Kincaid und seine Zitate aus dem »Lied von Aengus dem Landstreicher« denken musste, behielt sie für sich.

»Versucht Floyd Clark immer noch, dich zu überreden, mit ihm auszugehen?«

»Ja«, erwiderte Francesca und lachte herzlich. »Allerdings habe ich ihm inzwischen so oft einen Korb gegeben, dass er die Hoffnung allmählich aufzugeben scheint.«

»Mit einem Mann wie Floyd Clark musst du dich auch wirklich nicht abgeben«, redete Carolyn ihr ins Gewissen und legte dabei sowohl die Fürsorge eines erwachsenen Kindes als auch die Grausamkeit der Tochter an den Tag, die noch jung und einigermaßen attraktiv war.

»Mag sein. Aber ich finde es trotzdem nett von ihm, dass er mich fragt. Seitdem Marge gestorben ist, tut er mir irgendwie Leid, aber offenbar nicht genug, um seine Einladungen anzunehmen.« Francesca sah aus dem Küchenfenster und ließ ihren Blick über die Stoppelfelder schweifen. Der feuchte Herbst bewegte sich in Siebenmeilenstiefeln auf den Winter zu, der womöglich schon Einzug hielt, bevor der Tag endete.

Sie plauderten noch eine Weile, vorwiegend über familiäre Dinge, bis Carolyn schließlich sagte: »Ich muss jetzt auflegen, Mom. David macht heute früher Feierabend, damit wir zusammen zu unserem Lamaze-Kurs gehen können. Ich habe übrigens gestern mit Michael in Florida gesprochen. Ich soll dir ausrichten, dass er dich an deinem Geburtstag anruft.«

»Das ist nett von ihm. Ich freue mich immer, wenn ich mit euch beiden reden kann und ihr mir von eurem ausgefüllten Leben erzählt.«

»Okay, Mom. Tschüss. Pass auf dich auf. Ich hab dich lieb. An deinem Geburtstag melde ich mich.«
»Ich hab dich auch lieb, Carolyn.«

Um kurz nach halb vier am Nachmittag schlüpfte Francesca in ihre Gummistiefel, zog sich ein gelbes Regencape über ihren Pullover und ihre leichte Jacke und stopfte ihr Haar unter die Kapuze. Sie ging die Veranda hinunter und trat ihren Spaziergang an. Am Ende der Zufahrt bog sie nach rechts, ihr Ziel war ein weiteres Mal die Roseman Bridge.

Robert Kincaid vermied es auf seinem Weg zur Roseman Bridge, durch Winterset zu fahren. Möglicherweise war ja Francesca Johnson gerade in der Stadt; außerdem führte der direkte Weg von Winterset zu der Brücke genau an ihrer Farm vorbei, und er hatte nicht die Absicht, aus seinem sentimentalen letzten Besuch eine Art plumpe Selbstbefriedigung werden zu lassen, die sowohl ihn als auch Francesca womöglich in Verlegenheit stürzte. Falls sie überhaupt noch im Madison County lebte. Wer wusste schon, vielleicht war sie mit ihrem Mann nach Arizona in eine Wohnanlage für Ruheständler umgesiedelt. Er hatte gehört, dass dies für Leute aus dem Mittleren Westen durchaus üblich war.

Die Brücke lag etwa neun Meilen südwestlich der Stadt. Er bog bei Greenfield in Richtung Süden von der Route 92 ab, arbeitete sich dann zunächst in Richtung Osten und anschließend wieder nach Norden über kleine Nebenstraßen vor, die ein Stück weit asphaltiert waren und in der Nähe der Brücke schließlich in Schotterpisten übergingen. Mit jeder Meile, die er sich der Brücke näherte, fiel ihm das Atmen schwerer, und das hatte bestimmt nichts mit einer Angina oder sonst irgendeinem Übel zu tun, das sich in seinen inneren Organen eingenistet hatte.

Er kam aus nördlicher Richtung neben einer kleinen Kirche über eine Anhöhe, blickte auf den Middle River hinab, und da war sie, die alte Brücke, wo sie seit hundert Jahren ihren Platz hatte. Er parkte Harry etwa hundert Meter von der Brücke entfernt in einem kleinen Wäldchen und stieg aus. Dann hängte er sich eine der Kameras um, zog seinen leichten Anorak darüber und setzte eine Baseballkappe auf, die er sich tief in die Stirn zog.

»Dich werde ich wohl am besten im Wagen zurücklassen, Highway. Das hier muss ich alleine erledigen.« Der Retriever war enttäuscht und bellte zweimal, als er Kincaid über einen Kiesweg davongehen sah. Kincaid drehte sich um, lächelte und ging zurück.

»Okay, okay. Dann komm von mir aus mit.«

Der Hund tippelte mit der Nase am Boden vor ihm her. Sie gingen um eine Kurve und stiegen einen sanft abfallenden Hang zur Brücke hinab.

∽

Anklage gegen das Schicksal zu erheben führt zu nichts; Dinge passieren aus unerklärlichen Gründen, mehr ist dazu nicht zu sagen. Wer diesen Umstand ver-

flucht, kann genauso gut den Rauch von brennendem Holz oder den Wind beschimpfen und ist dazu verdammt, den Rest seiner Tage Trauer zu tragen. Letztendlich bleibt dir nichts anderes übrig, als zu schultern, was immer das Schicksal dir aufbürdet, und weiterzumachen.

Francesca Johnson lauschte den Regentropfen, die auf die Kapuze ihres Regenmantels prasselten, und erinnerte sich an diese Zeilen, die sie irgendwo gelesen hatte, vielleicht in einem der Bücher, die ihr regelmäßig von ihrem Buchclub zugesandt wurden. Und in der ihr eigenen Art erhob sie keine Anklage gegen das Schicksal und war einigermaßen zufrieden. Wenn sie traurig war, dann nicht, weil sie sich vor sechzehn Jahren entschieden hatte, bei ihrer Familie zu bleiben, anstatt mit Robert Kincaid zu leben. Der Kummer rührte eher daher, dass das Schicksal und ihre eigenen Handlungen ihr überhaupt diese Entscheidung abgenötigt hatten.

Nach Richards Tod hatte sie aufgehört, ihre Erinnerungen an Robert Kincaid und an ihre gemeinsamen Tage zu unterdrücken, und machte ihm in ihren Gedanken Platz, wann immer sie wollte. Gott, er war ihr damals wie die Verkörperung des Lebens selbst erschienen, mit seiner Fülle an Energie und physischer Kraft, und wie er über die Straße geredet hatte und über seine Träume und die Einsamkeit. Und in den Nächten ihrer gemeinsamen Zeit und sogar an den Tagen hatte sie ihn in sich aufgenommen und ihn mit einer Intensität geliebt, die von der jahrelangen unterdrückten und verzweifelten Sehnsucht nach etwas gespeist wurde, das sie nicht einmal hatte artikulieren können, bis Robert Kincaid in ihr Leben gerauscht war.

Manchmal legte sie auf Carolyns altem Plattenspieler »Autumn Leaves« auf, legte sich still auf ihr Bett und liebkoste ihre Brüste, stellte sich vor, dass er wieder auf ihr lag und sich über ihr bewegte und sie nahm wie der Leopard, als den sie ihn in ihren Tagebüchern bezeichnete. War es wirklich erst sechzehn Jahre her? Es kam ihr länger vor. Als ob es in einem anderen Leben gewesen wäre. In einem anderen Dasein. Und doch kam es ihr in anderen Nächten, wenn sie ihn in ihrer Erinnerung in den Armen hielt, manchmal so vor, als wäre er eben noch mit ihr zusammen gewesen.

Robert Kincaid war für sie, neben vielem anderen, ein geradezu barmherziger Mann, von einem Anstand, wie er um sie herum, wohin auch immer sie blickte, im Niedergang begriffen war. Er hätte in all den Jahren unter irgendwelchen fadenscheinigen Vorwänden versuchen können, mit ihr Kontakt aufzunehmen, doch er hatte sie ernst genommen, als sie ihm erklärt hatte, warum sie bei ihrer Familie bleiben müsse und sie niemals verlassen könne. Und sie war sicher, dass sein Schweigen einzig und allein darin begründet war, dass er ihr keinen Schmerz zufügen wollte, indem er offenbarte, was zwischen ihnen passiert war.

Sie versuchte sich vorzustellen, wie es wohl wäre, wenn sie sich je wiedersehen sollten. Ob sie sich trotz ihres Alters benehmen würde wie ein Schulmädchen bei seiner ersten Verabredung? Ob er wie bei ihrem ersten Treffen wieder etwas unbeholfen und schüchtern wirken würde? Und würden sie sich immer noch lieben wollen, oder zögen sie es vor, einfach in ihrer Küche zu sitzen und sich an damals zu erinnern? Sie hoffte, dass sie sich lieben würden.

So aufrichtig sie sich auch bemühte, sich ein wahres Bild von ihm zu machen, und so ehrlich sie sich, davon ausgehend, wie er damals war, auszumalen versuchte, wie er wohl heute sein musste – sie sah Robert Kincaid immer noch so, wie er an jenem Sommernachmittag aus seinem Pick-up gestiegen war. Und sie hatte den Verdacht, dass sie ihn auch immer so sehen würde. Darin war sie vermutlich genau wie jeder andere, der über einen langen Zeitraum einen anderen Menschen geliebt hat. Den geliebten Menschen durch den Weichzeichner zu sehen war eher eine Art willkommener Selbstschutz als bewusste Unredlichkeit.

Aber da war auch ein anderer Teil von ihr, der glaubte, dass Robert Kincaid nicht mehr lebte. Mit den verstreichenden Monaten und Jahren nahm dieser Teil in ihren Gedanken immer größeren Raum ein, obwohl sie sich mit dieser Möglichkeit nie abfinden konnte.

Hinter sich hörte sie ein Fahrzeug. Es war Harmon, Floyd Clarks Angestellter, der langsam an ihr vorbeifuhr, um keinen Matsch aufzuspritzen. Als er vorbei war, gab er wieder Gas und brauste in Richtung der Clarkschen Farm davon, die etwa drei Meilen weiter östlich lag. Francesca setzte ihren Weg fort, der Matsch quatschte unter ihren Stiefeln. Bis zur Roseman Bridge war es noch eine Meile.

∾

Robert Kincaid beobachtete die Brücke aus einiger Entfernung, vergewisserte sich, dass sich niemand dort aufhielt, und stieg langsam weiter hinab. Hin und wieder war die Brücke komplett von Nebel eingehüllt. Dann tauchte sie für einen Augenblick aus dem Dunst auf, bis der Nebel sie wieder umschloss.

Im Inneren der Brücke roch es muffig, nach altem, feuchtem Holz, den Exkrementen von Tauben und faulen Blättern. An den Wänden waren jede Menge Graffiti, einige noch ganz frisch, andere schon mindestens zwanzig Jahre alt. Sie mussten von Leuten da hingekritzelt worden sein, die offenbar keine andere Möglichkeit sahen, der Welt zu verkünden, dass sie auch existierten und von Bedeutung waren.

Es wurde zusehends kälter, und sein schlimmer Knöchel wurde steif. Er bückte sich und massierte ihn so lange, bis der Schmerz einigermaßen erträglich war. Dann holte er ein Gläschen mit Aspirintabletten aus seiner Anoraktasche, schüttelte zwei Pillen heraus und schluckte sie ohne Wasser hinunter.

Unter sich hörte er den Middle River glucksend nach Osten strömen. Er blickte durch einen Spalt zwischen zwei Seitenplanken und sah den Stein in der Mitte des Flusses, auf dem er vor all den Jahren gestanden und zu Francesca Johnson hinaufgesehen hatte. In jenem August wuchsen an den Ufern des Middle River Wiesenblumen, und er hatte ihr einen Strauß Goldruten gepflückt.

Er war froh, dass er gekommen war. Es war kein Fehler gewesen. Hier, unter dem Dach der alten Brücke, verspürte er eine Art heitere Gelassenheit, und er badete in dem Gefühl und kam selber innerlich zur Ruhe. In diesem Moment fand er Trost in der Gewissheit, dass dieser Ort eines Tages seine Heimstatt sein würde, der Ort, an dem über dem Middle River seine Asche verstreut werden sollte. Wenn er zu Staub geworden war, würde hoffentlich ein Teil von ihm mit der Brücke und dem Land eins werden, und ein anderer Teil, so hoffte er, würde flussabwärts treiben, in größere Flüsse mitgenommen werden und schließlich in all den Meeren landen, die er auf dem Weg an irgendwelche Orte dieser Welt auf überfüllten Truppentransportern oder während nächtlicher Flüge in Düsenjets überquert hatte.

Von den Dachüberhängen der Brücke tropfte der Regen und fiel an mehreren Stellen durch diverse Löcher im Dach, wo die Schindeln sich schon vor langer Zeit gelöst hatten. Er lehnte sich gegen einen Stützpfeiler und ließ sich von all den Gefühlen durchströmen, die ihn vor sechzehn Jahren überwältigt hatten und die ihn immer noch berührten. Er wusste, dass dies ein Abschied war, ein Loslassen und ein Abschluss, seine Art, sich von Francesca Johnson zu verabschieden.

»Verdammter Mist, dass die Dinge so kommen, wie sie kommen«, flüsterte er zu sich selbst und wiederholte es und sagte es noch einmal, »dass die Dinge so kommen, wie sie kommen«. Seine Stimme klang wie das entfernte Stampfen eines Schiffsmotors nördlich von Kairo, wie das Summen der Zikaden in den Dschungeln von Neuguinea, und er erinnerte sich an einige Zeilen, die er erst vor einem Jahr für ein Kapitel in Michael Tilmans *Collected Essays on the Road Life* geschrieben hatte.

Das war es, woran ich schon immer gedacht habe, ans Umherziehen, und schon früh war mir eigentlich egal, wohin es ging. Von Anfang an, und das sehe ich heute ganz klar, beruhte meine Arbeit zum Teil auf meiner Leidenschaft fürs Fotografieren, aber zum Teil diente sie auch als willkommene Entschuldigung für meine Reisesehnsucht. Und inzwischen habe ich gut hundert Orte gesehen – wahrscheinlich sogar noch mehr –, an denen ich gerne leben würde, und für jeden einzelnen hätte ich am liebsten ein eigenes Leben, um mich dort niederzulassen und ein paar Leute richtig kennen zu lernen, so wie es andere getan, ja, wie es die meisten gemacht haben. Ich hätte in diesem staubigen kleinen, etwas höher gelegenen Städtchen im Osten von New Mexico einen Gemischtwarenladen eröffnen können; oder in Pondicherry in Indien in einen Ashram ziehen oder in einer Bergstadt im Südwesten von Texas eine Auto-

werkstatt aufmachen können; oder in den Pyrenäen Schafe züchten oder in irgendeinem mexikanischen Küstenörtchen Fischer werden können.

Wie ich mich auch entschieden hätte – der Schnitt wäre scharf und schmerzhaft gewesen und alles andere als leicht, eine Sache der Abwägung. Die Straße versus sesshaftes Leben. Bis ich in den frühen Fünfzigern war, habe ich nie groß darüber nachgedacht. Ich habe damals eine Frau kennen gelernt und hätte für sie alles aufgegeben, auch die Straße. Aber es standen uns bestimmte Dinge im Weg, und dies war meine einzige Chance auf ein sesshaftes Leben, und danach bin ich wieder losgezogen, mit meinen Kameras zurück auf die Straße. Jetzt, am Ende meiner Tage, habe ich das Herumreisen aufgegeben, doch ich bin immer noch allein. All diese Jahre des fortwährenden Zelteabbrechens und Weiterziehens (und, wie ich annehme, ein bisschen auch meine zum Einsiedlertum neigende und etwas antisoziale Natur) haben mich an einer engeren Beziehung zu anderen Menschen gehindert.

Wenn du also in jener Zeit meines Lebens unter deiner gelben Abendlampe ein Buch gelesen und die fernen Schauplätze und Orte bewundert und dir vielleicht gewünscht hast, sie zu besuchen – Orte, an denen ich Dutzende Male gewesen bin –, bin ich an deinem Fenster vorbeigekommen und habe mir gewünscht, mit dir zu tauschen. Ich habe mir deinen Stuhl gewünscht und deine Lampe und deine Familie und deine Freunde. Wahrscheinlich hat es geregnet, als ich an deinem Haus vorbeifuhr, und neben mir war niemand, nur meine

Kameraausrüstung, und ich war auf der Suche nach einem Platz zum Übernachten, der mein Spesenkonto nicht übermäßig strapazieren würde. Ich fand schließlich ein Plätzchen, legte mich schlafen und fuhr am nächsten Morgen weiter und dachte an deine gelbe Abendlampe.

Dennoch, ich habe meine Wahl getroffen. Ich gab meiner großen Schwäche den Vorzug, immer weiterzuziehen und nie zurückzublicken und mit Ausnahme dieser einen Frau nie zu vermissen, was ich zurückgelassen hatte, verzichtete auf die heimischen Lampen und entschied mich für die Straße. Die Konsequenzen daraus habe ich selbst zu verantworten, und ich habe nicht das Recht, mich über etwas zu beklagen, was ich mir selbst eingebrockt habe.

Er schüttelte den Kopf und lächelte innerlich. Vermutlich gibt es nichts Lächerlicheres als die Rührseligkeit eines alten Mannes, dachte er. Andererseits, hielt er dagegen, ist es auch ein Beweis dafür, dass ich doch noch menschliche Züge habe.

Nach einigen Minuten verließ er das Innere der Brücke. Es reichte. Er hatte getan, weshalb er gekommen war, hatte sich bestätigt, dass alles so war, wie er es in Erinnerung hatte. Hatte sich noch einmal in Francescas Sphäre aufgehalten, um zu sehen, ob seine Gefühle immer noch so intensiv waren wie damals. Und sie waren es. Eine große Liebe war in einem einzigen Leben für jedermann genug. Seine große Liebe war Francesca gewesen, und sie war es noch immer. Er war gekommen, um sich zu verabschieden. Draußen klopfte er noch einmal an die Seite der alten Brücke und marschierte los, wobei er deutlich leichteren Schrittes ging, als es ihm in der letzten Zeit erschienen war.

Highway war verschwunden, vermutlich auf einer kleinen Jagdexpedition. Er verließ die Brücke in südlicher Richtung und pfiff zweimal. Er war sicher, dass der Hund ihn auf dem Weg zum Wagen schon finden würde. Der Retriever war tagelang in dem Pick-up eingepfercht gewesen und brauchte dringend Bewegung. Als Kincaid fast oben auf dem Hügel angekommen war, holte Highway ihn freudig japsend ein.

∼

»Natürlich kenne ich Robert Kincaid«, dröhnte die selbstbewusste Stimme von Ed Mullins, Fotochef bei der *Seattle Times,* aus dem Hörer. »Er lebt irgendwo in der Gegend um Seattle.«

»Wie gut kennen Sie ihn?«, fragte Carlisle McMillan und nahm den Hörer in die rechte Hand, damit er sich Notizen machen konnte. Ein Gefühl der Erleichterung breitete sich in ihm aus. Endlich konnte jemand Robert Kincaid aus der sechsunddreißig Jahre zurückliegenden Vergangenheit in die Gegenwart befördern und bestätigen, dass er noch lebte.

»Na ja, persönlich kenne ich ihn eigentlich nicht, auch wenn er mir ein paar Mal über den Weg gelaufen ist. Für eine bestimmte Art von Fotos gilt er als eine echte Koryphäe, und bis auf die jungen Rotznasen, die auf diese großartigen Fotoschulen gehen, hat hier schon jeder von ihm gehört. Aber richtig gut kennt ihn niemand. Er ist ein eigenwilliger Typ, durchaus nett und höflich, aber ein absoluter Einzelgänger, und er fotografiert eher auf eine unorthodoxe Art, die sich in diesen Zeiten nicht besonders gut verkauft. Wir haben im Laufe der Jahre gelegentlich in unserem Feature-Teil Fotos von ihm gebracht, meistens Reisegeschichten. Aber seine Arbeiten sind so fein und raffiniert, dass sie auf Zeitungspapier gar nicht richtig zur Geltung kommen. Außerdem sind sie für den allgemeinen Geschmack einfach zu abstrakt.«

»Ich habe einige seiner Fotos gesehen«, entgegnete Carlisle und hoffte, den Fotochef so zum Weiterreden zu animieren. »Die meisten in alten Ausgaben des *National Geographic*.«

Und Ed Mullins redete tatsächlich weiter. »Yeah, eins kann ich Ihnen sagen, als wir anderen unsere erste Brownie-Kamera in der Hand hielten, da war Kincaid schon seit fünfundzwanzig Jahren da draußen im Geschäft – und mit da draußen meine ich die wildesten und entlegensten Winkel dieser Welt. Ich denke, es war sein einzigartiger Schuss von einem Landstreicher, der mich überhaupt ans Fotografieren gebracht hat. Ein Landstreicher auf einem Güterzug irgendwo in Westtexas, ein herber alter Tramp in zerschlissener Kleidung, der eine Schutzbrille trug und sich mit seinen narbigen Händen oben auf dem Wagon an einer Eisenplatte festhielt. Die verwischte

Landschaft im Hintergrund ließ eindeutig erkennen, dass Kincaid das Foto oben auf dem fahrenden Zug gemacht hatte. Teufel, was für ein Foto, Teufel, was für ein Bild. Er hat jede einzelne Falte im Gesicht dieses Mannes gestochen scharf draufgekriegt und jede einzelne Narbe auf seinen Fingern so deutlich, dass sie einen förmlich ansprang. Das Foto ist in irgendeiner obskuren Zeitschrift erschienen; die Geschichte hieß ›High Desert Rails‹, ist bestimmt schon zwanzig Jahre her. Ich hab die Reportage irgendwo bei meinen gesammelten Artikeln aufbewahrt.«

Carlisle notierte auf seinem Notizblick »High Desert Rails«. »Ob ich vielleicht eine Kopie von der Reportage bekommen könnte?«

»Kein Problem, wenn ich sie wiederfinde. An welche Adresse soll ich sie schicken?«

Carlisle nannte ihm die Adresse und setzte seine Befragung fort. »Haben Sie eine Idee, wie ich ihn ausfindig machen könnte? Ich bin gerade mit ein paar Nachforschungen beschäftigt.«

»Bleiben Sie kurz dran, ich frage mal Goat Phillips. Er kommt gerade aus dem Labor. Ich meine, er hat mal erwähnt, dass er Kincaid hin und wieder in einer Bar hier in der Gegend sieht.«

Carlisle hörte den dumpfen Schlag des Hörers, der auf einer harten Oberfläche abgelegt wurde.

»He, Goat... komm doch mal gerade rüber, ich möchte dich was fragen.« Carlisle fragte sich, wie zum Teufel dieser Goat, wer auch immer er war, wohl zu seinem Namen gekommen war, und kam zu dem

Schluss, dass er lieber darauf verzichten wollte, es herauszufinden.

Er hörte undeutliches Genuschel und schnappte ein paar einzelne Worte auf. »Downtown? Wo downtown? Was? Route 99 und was?«

Dann meldete sich die Stimme wieder klar und deutlich. »Alles klar, also, Goat sagt, er hat Kincaid downtown in einer Kneipe namens Shorty's gesehen, das ist so eine alte Jazzkaschemme. Dienstagabends spielt da immer ein Saxofonist, der Nighthawk Cummings heißt, und Goat, der ein wirklich cooler Typ ist, geht manchmal auch hin, um sich Cummings und dessen Quartett reinzuziehen. Und da sieht er Kincaid immer, aber er hat noch nie mit ihm gesprochen. Er fühlt sich ein bisschen eingeschüchtert von ihm, sagt er. Laut Goat sitzt Kincaid immer für sich allein, trinkt ein paar Bier, und wie es aussieht, scheint er diesen Nighthawk Cummings zu kennen.«

Carlisle macht sich Notizen: den Namen der Bar, wo sie lag und den Namen des Saxofonspielers.

»Sind Sie auch hier aus der Gegend?«, fragte der Fotochef. »Warum sind Sie so an Kincaid interessiert? Sie betreiben einige Nachforschungen, sagten Sie? Sind Sie auch Fotograf, oder was?«

»Nein, ich rufe aus South Dakota an. Ich arbeite an einer Familiengeschichte, und Robert Kincaid könnte das lange Zeit unauffindbare Verbindungsglied zu einem bestimmten Zweig des Stammbaums sein. Hören Sie, ich weiß Ihre Informationen wirklich zu schätzen.«

»Keine Ursache, Mr. McMillan. Hoffentlich konnte ich Ihnen weiterhelfen.«

»Und wie Sie mir weiterhelfen konnten. Nochmals vielen Dank. Würden Sie mir noch Ihren Namen verraten?«

»Klar. Ed Mullins. Ich bin hier für immer an diesem Schreibtisch festgenagelt und komme kaum noch mal raus und dazu, ernsthaft zu arbeiten. Viel Glück weiterhin.«

Carlisle legte auf und suchte umgehend im Telefonbuch von Falls City die Nummer eines Reisebüros heraus. Er wählte die Nummer und erkundigte sich nach den Möglichkeiten und Preisen, um von Falls City nach Seattle zu kommen.

Francesca Johnsohn hatte die Roseman Bridge fast erreicht. Die Temperatur schwankte um die Null-Grad-Marke, und sie atmete dicken Nebel aus. Als sie die Brücke betrat, wurde sie von einem gewissen Unbehagen erfasst. Sie blieb stehen und horchte angestrengt, doch außer dem Gurren der Tauben am anderen Ende der Brücke und dem murmelnden Fluss unter den Planken konnte sie nichts ausmachen. Sie blickte nach unten und sah matschige Fußspuren auf dem Boden; sie waren noch feucht und mussten demnach ganz frisch sein. Sie schauderte, zog ihren Regenmantel enger um sich herum und rieb sich die Arme; doch es war kein Schaudern vor Kälte, sondern es war, als wenn man in einem dunklen Raum die Gegenwart eines anderen spürt.

»Hallo!«, rief sie vorsichtig. »Ist hier irgendjemand?« Ihre Stimme hallte von den Wänden der Brücke zurück.

»Hallo!«, wiederholte sie mit einem wachsenden Gefühl der Unruhe.

Am anderen Ende der Brücke sah sie, wie der Regen in Schnee überging und dicke Flocken auf der Straße liegen blieben. Sie ging zum südlichen Eingang und sah in das Schneetreiben hinaus und den Hügel hinauf. Das kleine Wäldchen auf dem Hügel verschwand zusehends in dem Schneegestöber. Sie hatte das untrügliche Gefühl, dass da oben hinter den Bäumen irgendjemand oder irgendetwas war. Oben auf dem Hügel, vielleicht in einer Entfernung von hundert Metern, funkelte in dem dichten Schneetreiben kurz ein mandelförmiges Augenpaar auf und huschte über die Straße in das Wäldchen, vielleicht der Hund eines Farmers, dachte sie. Über den Wind hinweg glaubte sie da oben zwischen den Bäumen ziemlich sicher einen anspringenden Automotor zu hören.

∽

Carlisle McMillan buchte für den kommenden Montag einen Flug von Falls City nach Seattle mit Zwischenstopp in Denver. Vorher musste er noch in Livermore den Umbau einer Küche beenden, was ihn ein paar Tage in Anspruch nehmen würde. Zumindest würde das die wachsende Ungeduld seines Auftraggebers besänftigen und ihm das nötige Geld für das Flugticket verschaffen.

Er rief die Leute in Livermore an und versprach ihnen, am nächsten Morgen vorbeizukommen und die Küche fertig zu stellen, wobei er nicht vergaß hinzuzufügen, dass das für die Küchenecke vorgesehene drehbare Tischchen sehr schön geworden sei und er es mitbringen werde. Sie waren hocherfreut und wiesen noch einmal darauf hin, dass sie es auch leid seien, in der Garage zu kochen und im Wohnzimmer zu essen. Carlisle gab sich verständnisvoll und suchte, nachdem er aufgelegt hatte, das nötige Werkzeug zusammen und verstaute es in seinem Pick-up.

∽

Francesca wurde vom Tuten einer Autohupe aufgeschreckt. Der Wind heulte so laut, und sie grübelte so angestrengt darüber nach, wer wohl da oben zwischen den Bäumen sein mochte, dass sie den heranfahrenden Pick-up von Floyd Clark gar nicht bemerkt hatte. Er hielt an der Brücke und rief: »He, Frannie. Frannie! Harmon hat dich auf der Strasse gesehen, und da es wie aus Eimern giesst, dachte ich, du würdest vielleicht gerne im Auto mit nach Hause fahren. In ein oder zwei Minuten bricht hier ein wahrer Schneesturm los.«

Sie wirbelte herum und sah auf der anderen Seite der Brücke Floyd Clark, der sich weit aus dem Fenster seines Wagens lehnte und ihr zuwinkte. Im nächsten Moment drehte sie sich wieder um und starrte erneut den Hügel hinauf.

»Frannie! Lass mich dich mitnehmen! Du holst

dir eine Lungenentzündung und stirbst. Wenn du bei diesem Wetter draussen rumläufst!« Er drückte erneut auf die Hupe.

Francesca trat aus dem Inneren der Brücke und starrte ein weiteres Mal den Hügel hinauf, doch sie sah nichts als den weißen Schnee in der Luft und auf der Straße. Floyd war ausgestiegen und kam durch die Brücke auf sie zu. Sie drehte sich zu ihm um. Die Schneeflocken hatten schon das Dach der Brücke unter sich begraben, doch sie ignorierte Floyds Warnung und stürmte den Hügel hinauf, was ihr in ihren hohen Gummistiefeln ziemlich schwer fiel.

Als sie zu drei Vierteln oben war, stolperte sie und fiel in die matschigen Kiesel. Mühsam hievte sie sich wieder auf die Beine. Von der Vorderseite ihres Regenmantels tropften ihr Schlamm und Wasser auf die Stiefel, die Kapuze war ihr heruntergerutscht, das Haar fiel ihr in wirren Strähnen über die Schultern und klebte ihr kreuz und quer im Gesicht. Doch sie stürmte weiter den Hügel hinauf.

Floyd Clark kam hinter ihr her und rief: »Frannie, hast du den Verstand verloren?«

Francesca erreichte den Gipfel des Hügels und rannte auf das Wäldchen zu. Floyd war nur ein paar Meter hinter ihr. Er keuchte schwer, doch er brüllte immer noch etwas von Erkältung und Lungenentzündung hinter ihr her. Am anderen Ende des schmalen Wäldchens waren frische Spuren eines Pick-ups im Matsch, und zwischen den Bäumen stand noch der Geruch von Auspuffgasen. Francesca blieb stehen, dicke Schneeflocken bedeckten ihr Haar und fielen ihr in den Nacken und verdeckten ihr die Sicht auf einen grünen Pick-up, der etwa vierhundert Meter weiter einen Schotterweg hinunterfuhr und sich von ihr entfernte.

Floyd nahm sie am Ellbogen und führte sie den Hügel hinab und durch die Brücke zu seinem Wagen. Am nördlichen Eingang der Brücke lag im Schnee ein kleines Stück Metall. Sie hob es auf, was auch immer es war, und steckte es in die Tasche ihres Regenmantels.

Auf dem Nachhauseweg in Floyds neuem Chevy starrte sie in das Schneetreiben hinaus und sagte nur: »Ich dachte, ich hätte jemand gesehen, den ich kenne. Bitte, Floyd, stell mir keine weiteren Fragen. Wahrscheinlich habe ich mir das Ganze sowieso nur eingebildet.«

Er langte zu ihr hinüber und tätschelte ihren Arm. »Weißt du, Frannie, wir haben alle hin und wieder verrückte Eingebungen. Ich denke zum Beispiel manchmal, dass ich aus der Küche Marges Stimme höre, die mich zum Frühstück herunterruft.«

Zu Hause machte Francesca in ihrer Küche das Licht an und zog sich ihr Regencape über den Kopf. Aus einer der Taschen fiel das Metallstück, das sie am Eingang der Roseman Bridge aufgehoben hatte, hüpfte einmal über den Boden und blieb neben einem Stuhlbein liegen. Sie bückte sich und hob es auf. Es war eine runde Metallplakette, an der ein kleiner Ring befestigt war. Eine Hundemarke. Auf der einen

Seite stand nichts. Sie drehte die Marke um, legte sie flach in ihre Hand und langte gleichzeitig nach ihrer Lesebrille. Die eingravierten Buchstaben waren nur schwer zu entziffern, deshalb ging sie zur Spüle und hielt die Plakette dort unters Licht.

1981
63704
Tollwutimpfung
Monroe Tierklinik
Bellingham, Washington

Auf der Marke waren auch die Adresse und die Telefonnummer der Klinik eingraviert. Francesca ging ans Küchenfenster und starrte hinaus in die Dunkelheit. Inzwischen schneite es noch stärker, und die Flocken wirbelten im Hoflicht durch die Luft. Sie stand am Fenster, hielt die Hundemarke fest umklammert und starrte in Richtung Middle River. So verharrte sie ein lange Zeit.

ZWÖLFTES KAPITEL

Der einsamste Highway Amerikas

R̲obert Kincaid fuhr in Richtung Westen und überquerte bei Omaha den Missouri. Er hatte mit verschneiten Straßen zu kämpfen gehabt und während der gesamten Fahrt an die Frau und die alte Brücke gedacht und alles ausgegraben, was in seiner Erinnerung gespeichert war, so dass die hundert Meilen zwischen der Roseman Bridge und Omaha ihm kaum bewusst geworden waren.

Er verbrachte die Nacht westlich von Lincoln, Nebraska, und sah von gelben Abendlampen erleuchtete Fenster, als er in die Stadt einfuhr und nach einem Motel Ausschau hielt, das seinen schrumpfenden Geldbeutel nicht allzu sehr strapazierte. Es wurde eine lange Nacht, draußen schneite es unentwegt, und er lag stundenlang wach, bis ihn schließlich der Schlaf übermannte. Hinter dem Schneesturm rückte ein Hochdruckgebiet heran und bescherte am nächsten Tag einen heiteren, kalten Morgen. Er stand früh auf und zog sich seinen dicken schwarzen Rollkragenpullover an. Dann befreite er Harry vom Schnee, wärmte ihn auf und fuhr mit Highway auf dem Beifahrersitz weiter Richtung Westen.

Zwei Tage später verließ er schließlich das Gebiet, in dem das Unwetter gewütet hatte, und hielt etwas östlich von Salt Lake City für einige Minuten an einer Straßenkreuzung. Er hatte die Wahl zwischen einer großen Straße, die nordwestlich Richtung Seattle führte, oder er konnte sich noch eine Weile südlich halten und über den heruntergekommenen Highway 50 fahren. Die zweite Route würde ihn durch Reno führen und dann weiter nach Nordkalifornien. Schließlich bog er links ab und fuhr nach Süden Richtung Highway 50, der auf den Schildern als der einsamste Highway Amerikas bezeichnet wurde. Vor fünfundzwanzig Jahren hatte er den Highway in einer großen Fotoreportage porträtiert. Damals, als die Interstates noch nicht gebaut waren, war er noch viel befahren gewesen.

Als er den Highway 50 bei der Kleinstadt Delta erreichte und die lange Strecke begann, die endlos durch die High Desert Richtung Nevada führte, musste er daran denken, dass sein Trip doch zu einer regelrechten Pilgerfahrt ausartete. Schilder mahnten, dass man sich wegen der zu bewältigenden Strecke nur mit vollem Tank auf die Reise begeben sollte. Gegen Mittag passierte er die Grenze von Nevada. Es war einer dieser unentschiedenen Tage, an denen die Berge und der Himmel darum ringen, wie das Wetter schließlich werden soll. Ein paar Minuten Sonne, dann sich heranwälzende Wolken und Regen, hin und wieder ein paar Lichtstrahlen, die sich zwischen den Wolken ihren Weg bahnen, und auf den hohen Pässen liegen gebliebener Schnee.

Kurz hinter der Grenze gab es ein Rasthaus, vor dem zwei uralte Zapfsäulen standen. Er füllte Harrys Tank auf und ging nach drinnen, um zu bezahlen. Eine große, schlanke Frau mit einem kurzen schwarzen Pferdeschwanz und im Westernlook – Stiefel, Jeans, Hemd mit Druckknöpfen – nahm sein Geld entgegen und gab ihm das Wechselgeld heraus. Rechts von ihm waren in zwei Reihen Glücksspielautomaten aufgestellt, doch im Moment fütterte sie gerade niemand mit Münzen. Um einen Pokertisch saßen vier Cowboys und rauchten und tranken Bier. Über allem hing der Geruch von Hamburgerfett, und hinten in der Küche klapperte ein Koch mit Töpfen. Dieses Rasthaus hat sich wahrscheinlich seit fünfzig Jahren nicht verändert, dachte er, und aus genau diesem Grund mochte er es.

»Ich hab's leider vergessen – wie weit ist es noch mal bis Reno?«, fragte er die Frau.

»Um die dreihundertfünfzig der längsten, traurigsten und einsamsten Meilen, die Sie je gesehen haben. Checken Sie Ihre Reifen, checken Sie Ihr Öl, checken Sie Ihre Heizung, und dann checken Sie Ihr ganzes Vorhaben noch einmal. Da draußen gibt es keine Lebewesen außer Schlangen und Cowboys, und an Samstagabenden sind sie kaum auseinander zu halten.« Sie sagte es so laut, dass es auch die Cowboys am Pokertisch hören konnten.

Einer von ihnen wandte sich zu ihr um und sagte mit breitem Akzent: »He, Mindy, wenn ich mich nicht irre, hat dich gestern Nacht niemand gezwungen, in Hoots Pick-up zu verschwinden. Ich erinnere mich doch, dass du in jeder Hand ein Coors Light hattest und ziemlich aufgedreht zur Tür rausgetänzelt bist.«

»Halt den Mund, Waddy!«, entgegnete sie lachend und wurde ein bisschen rot. »Was fällt dir ein, solche Dinge vor meiner Kundschaft zum Besten zu geben!«

Robert Kincaid lächelte sie an, winkte den Cowboys lässig zu und ging zurück zu Harry. Er verließ einen der letzten übrig gebliebenen schönen Orte und fuhr weiter Richtung Sacramento-Pass. Und vor ihm breitete sich die silber-grüne Graslandschaft aus. Wer hatte noch darüber geschrieben? Irgendjemand, der gut schreiben konnte. Vielleicht war es aus *The Oxbow Incident*, vielleicht hatte er es da gelesen.

Das Licht war gut, und er war sein ganzes Leben lang auf der Jagd nach gutem Licht gewesen. Wenn er wollte, gäbe es mit dem silber-grünlich schimmernden Gras und den Windmühlen im Hintergrund jede Menge zu fotografieren. Doch aus irgendeinem Grund, den er selber nicht genau kannte, drängte es ihn diesmal nicht, ernsthaft zu fotografieren; stattdessen trieb ihn ein unerklärlicher Drang weiterzufahren.

Und so fuhr er weiter. Der Highway 50 zog sich endlos durch die Landschaft Richtung Westen, über weite Strecken gab es weder eine Behausung noch sonst irgendwelche Anzeichen von Leben, und die Einöde trieb ihn dazu, die zurückliegenden Jahre noch einmal abzuspulen und dabei weit zurückzugehen und sich alles noch einmal vor Augen zu führen. Sein Vater war vor einundfünfzig Jahren gestorben, und allein das reichte schon, damit Kincaid sich alt fühlte. Seine Mutter war 1937 gestorben, sieben Jahre später.

Er erinnerte sich an seine Jugend, die ihm endlos erschienen war. Er war ein zurückgezogener Junge gewesen, worin bereits der Weg vorgezeichnet war, der sein ganzes späteres Leben prägen sollte. Völlig desinteressiert an Sport- oder Tanzveranstaltungen, konnte er auch mit der Schule wenig anfangen, wo man fortwährend versuchte, seinen Widerspruchsgeist zu brechen oder ihm wenigstens Zügel anzulegen, und so wurde aus ihm eine introvertierte Leseratte, die alles verschlang, was die Bibliothek von Barnesville, Ohio, zu bieten hatte. Bücher, die Flüsse, die Weiden – das waren die Freunde seiner Jugend. Wiederholte Gespräche der Lehrer mit seinen Eltern und die jeweils darauf folgenden Versuche, ihn auf Linie zu bringen und »sein Potenzial zu realisieren«, wie es einer der Lehrer nannte, fruchteten nicht. Dennoch reichte es offenbar, um die staatlichen Prüfungen zu bestehen, was die Verzweiflung der anderen hinsichtlich seiner Gleichgültigkeit, mit der er der Schule begegnete, nur noch steigerte.

»Wenn ich es nicht besser wüsste, würde ich sagen, dass der Junge direkt vom alten Artemas Kincaid abstammt«, stellte sein Vater eines Abends fest, als er aus der Ventilfabrik nach Hause kam, in der er sein ganzes Leben lang gearbeitet hatte. »Du musst nur ein paar Generationen zurückgehen, dann findest du Artemas irgendwo da draußen am Mississippi, wie er sich als Banjospieler und Billardzocker durchs Leben schlägt. Von ihm hat dieser Junge sein Kribbeln im Hintern und seine seltsame Art.«

Doch im Grunde konnten seine Eltern sich nicht beklagen. Er war zurückhaltend und höflich und bereitete ihnen, von den ständigen Klagen der örtlichen Schule abgesehen, keinen größeren Kummer. In den Sommerferien nahm er jeden Job an, den er finden konnte. Als er auf der High School war, fand er für seine letzten beiden Sommer in Barnesville Arbeit beim örtlichen Holzlager. Er war gerade dabei, seinen Abschluss zu machen, da legte die große Weltwirtschaftskrise das ganze Land lahm, und als sein Vater nur einen Monat später starb, meldete er sich zum Militär, um sich selbst und seine Mutter durchzubringen. Dort setzte man ihn als Fotoassistenten ein, und er entdeckte die Fotografie als seinen Beruf.

Was Frauen anging, so hatte es nicht besonders viele gegeben. Nicht viele, aber genug. Er war kein Schürzenjäger, obwohl er leichtes Spiel gehabt hätte, denn da, wo seine Arbeit ihn hinführte, hatte es an Gelegenheiten nie gemangelt. Ein paar kurze Affären und in seinen besten Jahren eine kurze Ehe, die seine langen Abwesenheiten während der Fotoexpeditionen nicht überstanden hatte. Und dann Francesca Johnson. Seit Francesca interessierte er sich nicht mehr für andere Frauen. Es war weder bewusste

Treue noch ein schmerzvolles Zölibat, das er sich während der vergangenen sechzehn Jahre auferlegt hatte, es hatte nichts mit Ausdauer und Standhaftigkeit zu tun. Nach Francesca hatte er einfach kein Interesse mehr. Seine Tage mit ihr waren der entscheidende Moment in seinem Leben gewesen, und jenseits dessen konnte es nichts vergleichbar Romantisches mehr für ihn geben.

So war es gewesen. Zuerst mit Zügen und auf Frachtschiffen, später hatten die großen Tragflügelboote und die DC-3-Flieger das Reisen über lange Strecken erheblich beschleunigt. Und danach ging es mit den Boeings noch schneller. Kamele und Jeeps in der Sahara und den Wüsten Rajasthans. Zweimal ein Maulesel, einmal ein Pferd, obwohl er keines dieser Tiere je richtig zu reiten gelernt hatte. Doch als er 1939 in der Mongolei die Geschichte über die mongolischen Reiche gemacht und neun Wochen lang durch die gewaltigen endlosen Steppen den einstigen Marschrouten von Dschingis Khan gefolgt war, hatte es zu einem Pferd als Transportmittel keine Alternative gegeben.

Er hatte auch ein paar Schläge eingesteckt. Doch abgesehen vom Krieg und den zahllosen Abschürfungen und Quetschungen war er im Großen und Ganzen gut davongekommen. Ein paar Muskelrisse, der gebrochene Knöchel in Maine, eine blutende Kopfwunde auf dem Kongo, als unterhalb des Stanley Pools ihr Boot gekentert war. Und eine Gelbfieberinfektion, die er sich in Brasilien mit einem Moskitostich eingefangen hatte und die um ein Haar tödlich verlaufen wäre. Eine katholische Nonne hatte ihn während dieser furchtbaren Krankheit gepflegt und ihm, wenn er zwischendurch einmal bei Bewusstsein war, immer wieder versichert: »Mr. Kincaid, die kritische Phase ist zwischen dem vierten und dem achten Tag. Sie müssen bis zum achten Tag durchhalten, und dann geht es Ihnen auf einmal wieder gut.« Und so kam es tatsächlich, wenngleich auf seiner Haut noch wochenlang gelbliche Spuren zurückgeblieben waren.

Robert Kincaid dachte an all diese Dinge, während er den Highway 50 entlangfuhr, die Gegend mit den endlosen silber-grünen Grasflächen verließ und die trockene Öde der Shoshone Mountains durchquerte.

Dann sagte er laut zu dem Hund: »Verdammt, Highway, wenn ich zurückblicke, war es doch alles in allem ganz gut – mein Leben, die Pannen und all das –, und du bist einer der besten Teile von allem. Und weißt du was? Wenn wir nach Hause kommen, werde ich die Telefonauskunft in Winterset, Iowa, anrufen und nach der Nummer von Richard Johnson fragen. Bloß um mal zu hören, ob sie noch einen Eintrag haben. Vielleicht hätte ich schon nachfragen sollen, als wir da waren. Nein, das wäre doch nicht richtig gewesen. Egal, ich war so im Bann meiner Erinnerungen, dass ich eh nicht daran gedacht habe. Andererseits wollte ich aus irgendeinem Grund vielleicht auch gar nicht daran denken.«

Highway erhob sich und leckte die ihm zugewandte

Seite von Kincaids Gesicht. Sie kamen gerade die Shoshone Mountains hinab, und bis Reno war es noch ein gutes Stück. Kincaid legte den Arm um den Hund, und sie hielten nach einem Plätzchen Ausschau, an dem sie den Sonntagabend verbringen konnten. Dabei schienen sie beide zu lächeln.

DREIZEHNTES KAPITEL

Shorty's

Carlisle McMillan hatte in Denver das Flugzeug gewechselt und fuhr an einem Montagnachmittag nach Seattle hinein. Dienstagabends spielte Nighthawk Cummings im Shorty's. Bevor er den Flug gebucht hatte, hatte er sich das noch einmal telefonisch bestätigen lassen.

»Yeah, Nighthawk spielt seit fünf Jahren am Dienstagabend«, hatte der Barkeeper gesagt. »Also dürfte er am nächsten Dienstag auch da sein.«

Carlisle checkte in der Innenstadt in einem Hotel ein und bummelte noch ein wenig durch die Straßen; es war einer der seltenen sonnigen Tage in dieser Jahreszeit. Die Menschenmassen, die von allen Seiten hin- und herströmten, brachten ihn ein wenig aus dem Gleichgewicht. In zehn Minuten tobte mehr Leben um ihn herum, als er es in Salamander, South Dakota, in zehn Jahren zu Gesicht bekam. Sein zielloser Bummel führte ihn schließlich auf die Spring Street, und einen halben Block weiter sah er das Shorty's, genau wie man es ihm beschrieben hatte.

Am gleichen Montag hielt Robert Kincaid in einer Stadt namens Soda Spring an, weil ihm der Name gefiel. Er hatte Reno bereits hinter sich gelassen und fuhr immer noch nach Westen, Richtung Kalifornien. Er verpasste Harry einen Ölwechsel und kaufte ein paar Lebensmittel ein, um seine verbeulte Kühlbox mit frischem Eis, Brot, Früchten, frischem Gemüse und natürlich ein paar Riegeln Milky Way aufzufüllen. Am Nachmittag war er bereits dreißig Meilen oder noch weiter hinter dem Clear Lake, und zwei Stunden später erreichte er bei Fort Bragg die Pazifikküste. Er hatte diese Route nicht willkürlich gewählt. Er hätte stattdessen auch weniger befahrene Straßen nehmen können, doch für ihn war klar, warum er sich für genau diesen Weg entschieden hatte: Fort Bragg, Kalifornien, lag nur zehn Minuten nördlich von Mendocino.

Am späten Nachmittag verließ er den Highway 1 und fuhr nach Mendocino hinein. In zwanzig Minuten wurde es dunkel, und die Geschäfte schlossen gerade. Er parkte einen Block vor der Kunstgalerie, ließ Highway im Pick-up zurück, ging den Bürgersteig entlang und blieb vor dem Schaufenster mit den Fotografien von Heather Michaels stehen.

An der Tür hielt er kurz inne. Er wusste weder genau, was er da eigentlich tat, noch was er der Frau überhaupt sagen sollte, die ihn auf dem Hinweg bei seinem Zwischenstopp in Mendocino so in den Bann gezogen hatte. Plötzlich tauchte sie auf der anderen Seite der Glastür auf und ließ ihn zusammenfahren.

Wynn McMillan griff nach dem »Geöffnet«-Schild, das innen an der Tür an einer Schnur baumelte, und wollte es auf »Geschlossen« umdrehen, doch mittendrin hielt sie inne. Sie hatte das Schild noch in der linken Hand und starrte durch die Scheibe auf den großen schlanken Mann mit dem langen grauen Haar, der mit seinen Hosenträgern, den Jeans, dem schwarzen Rollkragenpullover und dem Messer an seinem Gürtel recht einnehmend aussah. Plötzlich erinnerte sie sich an einen kurzen Vortrag über die Nützlichkeit von Hosenträgern, den man ihr vor fast vierzig Jahren an einem Strand in Big Sur gehalten hatte.

Sie öffnete langsam die Tür, stand einen Moment reglos da und blickte in klare, hellblaue Augen und ein gebräuntes, zerfurchtes Gesicht, in dem die langen Jahre unter der Sonne ferner Länder ihre Spuren hinterlassen hatten. Es war, als ob die Zeit selbst einen Sprung zurück gemacht hätte. Der Mann befeuchtete sich die Lippen, als ob er etwas sagen wollte, doch er brachte kein Wort heraus. Er setzte noch einmal an und schaffte es wieder nicht. Schließlich sah er auf seine Stiefel hinab und blickte dann mit ernstem Gesicht und leicht errötend wieder zu ihr auf.

»Mein Name ist Robert Kincaid«, sagte er. Mehr fiel ihm nicht ein.

Wynn McMillan lächelte milde. »Ich glaube, wir kennen uns, aber es muss schon eine Ewigkeit her sein, dass wir uns begegnet sind.«

∾

Sie setzten sich im Bar-Restaurant Sea Gull an einen Tisch; Wynn McMillan nahm gegenüber von Robert Kincaid Platz. Ein beginnender Nordwestwind peitschte weiße Schaumkronen über den Pazifik, und durch das offene Fenster hörte man das Tosen der Wellen, die gegen die Felsen rollten. Er bestellte sich ein Bier, sie entschied sich für einen Weißwein. Er faltete seine Hände auf dem Tisch und starrte darauf nieder. Dann sah er zu der Frau auf, lächelte und überlegte, was er sagen sollte. Doch er brachte kein Wort heraus. Stattdessen ließ er langsam und lange die Luft entweichen, als ob er für längere Zeit den Atem angehalten hätte, und setzte erneut ein zögerliches Lächeln auf.

»Du bist es doch, oder?«, fragte Wynn schließlich, einerseits, um die Unterhaltung in Gang zu bringen, andererseits, um sich noch ein letztes Mal zu vergewissern.

»Wenn du nach einem Mann fragst, der 1945 auf einem Motorrad nach Big Sur gefahren ist und dort an einem abgelegenen Strand eine hübsche junge Cellistin geliebt hat, ist die Antwort Ja«, erwiderte er. »Irgendwie macht mich das Ganze ein bisschen verlegen, dich nicht?«

Sie saßen da eher wie zwei alte Bekannte als wie ein ehemaliges Liebespaar. Big Sur lag sehr lange zurück, und sie hatten damals nur ein paar Tage miteinander verbracht.

»Du warst vor etwa einer Woche schon einmal in Mendocino, habe ich Recht?«, fragte sie.

»Ja. Ich habe dich durchs Schaufenster der Galerie gesehen und dich wahrscheinlich nur durch die Art wiedererkannt, wie du deine Hände bewegt und dir, genau wie damals, das Haar hochgesteckt und von Zeit zu Zeit den Kamm zurechtgerückt hast.«

Robert Kincaid sah Wynn McMillan in die Augen, und ihm wurde schlagartig bewusst, dass der Altersunterschied von dreizehn Jahren viel stärker zu Buche schlug als damals, 1945. Ihm sah man die Spuren des Alters mit seinen achtundsechzig Jahren an, und er wusste das. Sie hingegen war erst fünfundfünfzig und hatte einige Züge ihrer Jugend bewahrt.

»Spielst du immer noch Cello?«, fragte er.

»Ja, meistens mit Freunden. Manchmal geben wir hier ein kleines Konzert. Und du? Du hast fotografiert, wenn ich mich recht erinnere.«

»Genau. Ich war ziemlich viel unterwegs. Oft auch in Übersee.« Ein Kellner kam an ihren Tisch und fragte, ob alles zu ihrer Zufriedenheit sei. Kincaid leerte sein Bier und bestellte sich ein zweites; Wynns Glas war noch zu drei Vierteln voll. Dann zog er eine Packung Camel heraus, registrierte, dass auf dem Tisch kein Aschenbecher stand, und ließ die Zigaretten wieder in seiner Tasche verschwinden.

»Ich habe dir zwei- oder dreimal geschrieben, nachdem ich Big Sur damals verlassen habe«, sagte er, als der Kellner wieder weg war.

»Ich bin kurz nach dir auch dort weggezogen.« Mehr sagte sie nicht, aber es reichte als Erklärung für nie angekommene Briefe.

Der nächste Part würde etwas schwieriger werden, und Wynn fragte sich für einen Moment, ob sie Carlisle überhaupt erwähnen sollte. Doch dann kam sie zu dem Schluss, dass der Mann, der ihr da gegenüber saß und dessen Nachname ihr entfallen war, bis er sich ihr vor zwanzig Minuten zum zweiten Mal in ihrem Leben vorgestellt hatte, ein Recht darauf hatte, es zu erfahren. Und hinzu kam noch, dass Carlisle ihn suchte.

»Hast du geheiratet, hast du Familie?«, fragte sie, um sich der Sache zu nähern.

»Ich habe 1953 eine nette Frau geheiratet. Ein paar Jahre später haben wir uns wieder scheiden lassen, keine Kinder. Meine Arbeit vertrug sich nicht besonders gut mit einer Ehe, ich war ja fast immer unterwegs. Und du?«

Es war so weit. Das war der Moment, es ihm zu erzählen. Sie strich über ihr Weinglas und sah einen Augenblick aus dem Fenster auf das unruhige Meer. Mit der beginnenden Flut wurde der Nordwestwind stärker und wühlte den Pazifik noch mehr auf. An der Theke brachen zwei Männer und eine Frau in schrilles Gelächter aus; offenbar hatte der Barkeeper etwas Witziges gesagt. Kincaid musterte einige Fundstücke aus dem Meer, die zur Dekoration an den Wänden hingen, und sah dann, als sie zu sprechen begann, wieder zu Wynn.

»Mit Ende dreißig, Anfang vierzig war ich sechs Jahre lang mit einem Mann verheiratet. Aus meinem Traum, Cellistin in einem Symphonieorchester zu werden, war nichts geworden, entweder weil ich in technischer Hinsicht nie gut genug wurde oder weil gewisse Orchesterleiter in jenen Tagen Frauen gegenüber grundsätzlich voreingenommen waren. Wie auch immer, jedenfalls ließ ich mich zu schnell auf etwas Neues ein und landete in einer Ehe, von der ich von vornherein wusste, dass sie im Grunde auf einer Dummheit beruhte, und wie sich im Laufe der Zeit zusehends herausstellte, war das Ganze mehr als dumm. Trotzdem war ich nicht unglücklich. Ich habe hier an der Nordküste diverse nette Männer kennen gelernt.« Sie redete um den heißen Brei und wusste es.

Der Kellner kam mit dem Bier und ging wieder.

»Keine Kinder?«, fragte Kincaid, zog einen seiner Hosenträger stramm, rückte seinen Gürtel zurecht und tastete nach dem Messer, das an dem Gürtel befestigt war.

Sie erinnerte sich noch an diese Handgriffe. Damals in Big Sur hatte er auch immer seine Ausrüstung gecheckt und sich vergewissert, dass alles an seinem Platz war, damit er für alle Eventualitäten gerüstet war. Sie rückte die Serviette auf ihrem Schoß zurecht, nahm ihre Brille ab und legte sie auf den Tisch. Dann sah sie ihn lange an, langte über den Tisch und umfasste seine rechte Hand.

»Wir ... wir haben einen Sohn, Robert Kincaid ... du und ich, wir haben einen Sohn. Er heißt Carlisle.«

∽

Am Dienstagmorgen schaute Carlisle McMillan bei der *Seattle Times* vorbei und stellte sich Ed Mullins vor, dem Fotochef, mit dem er telefoniert hatte.

»Hallo, Mr. McMillan. Schön, Sie zu sehen. Ich wusste gar nicht, dass Sie vorhatten, persönlich nach Seattle zu kommen. Ich habe Kincaids ›High-Desert-Rails‹-Geschichte erst gestern Abend wiedergefunden. Aus irgendeinem dummen Grund hatte ich sie unter ›Züge‹ einsortiert. Hätte sie natürlich besser unter ›Kincaid‹ archiviert. Das hätte jedenfalls mehr Sinn gemacht. Lassen Sie uns doch gerade zu dem Kopierer rübergehen, dann mache ich Ihnen schnell ein Kopie.«

Der Mann schien schwer beschäftigt, sein Telefon klingelte unentwegt, und ständig kam jemand an seinen Tisch, um ihn etwas zu fragen oder ihm zu irgendwelchen Geschichten Vorschläge zu unterbreiten. Als er die Kopie in den Händen hielt, bedankte Carlisle sich noch einmal und verließ die Redaktion. Zurück im Hotel genehmigte er sich zu seinem Mittagessen ein Bier, las beim Essen den Artikel und legte sich anschließend für ein längeres Nickerchen aufs Ohr. Er musste irgendwie die Zeit totschlagen, seine Neugier zerrte ziemlich an seinen Nerven. Nighthawk Cummings würde um neun Uhr die Bühne betreten, und als Carlisle aufwachte, musste er immer noch sechs Stunden warten. Er beschloss, schon gegen acht zu Shorty's zu gehen. Vielleicht kam Robert L. Kincaid ja auch ein bisschen früher.

In der Zwischenzeit zerbrach er sich den Kopf darüber, was er sagen sollte, doch ihm fiel einfach nichts Passendes ein. Alles klang irgendwie neugierig, aufdringlich oder gar beleidigend. Nach allem, was er von dem Fotochef und seinem kurzen Gespräch mit Goat Phillips wusste, der während seines Besuchs bei der Zeitung kurz aus seinem Labor gekommen war und mit ihm geredet hatte, war Kincaid nicht gerade gesellig und schien alles andere als zugänglich zu sein. Tatsächlich hielten die beiden ihn in gewisser Hinsicht sogar für etwas exzentrisch.

Wie sollte er Kincaid bloß begegnen? Doch je länger er nachdachte, desto bescheuerter schienen ihm seine Ideen. Im Grunde schienen sie ihm geradezu lächerlich.

»Hi, ich bin Carlisle McMillan, und ich habe begründeten Anlass zu glauben, dass ich Ihr unehelicher Sohn bin.«

Oder: »Hi, ich habe gehört, dass Sie mal eine Ariel Four gefahren sind. Eine tolle Maschine.«

Oder: »Hallo, Sie da. Haben Sie es irgendwann in Big Sur, Kalifornien, mit einer Frau getrieben?«

Oder vielleicht: »Haben Sie mal von einer Cellistin namens Wynn McMillan gehört?«

Bei einer derart raffinierten Vorgehensweise wäre es nur zu verständlich, wenn Kincaid einfach aufstand und wegging, wenn er nicht gleich ganz aus der Bar stürmte und das Ganze damit für alle Zeiten erledigt war.

Schließlich kam Carlisle zu dem Schluss, dass er es angehen wollte wie in seinem Handwerk. Sich die Sache also erst mal ansehen, wenn er im Shorty's war, und dann vor Ort weitersehen. Um sieben zog er sich eine frisch gewaschene Khakihose und ein Flanellhemd an und schlüpfte in seine Lederjacke; durchs Fenster drangen die Lichter der nächtlichen Stadt zu ihm herein.

Der Aufzug brachte ihn in die Lobby.

Die Straße führte ihn zu Shorty's.

Der Mann am Eingang verlangte drei Dollar Eintritt und stellte klar: »Es gibt nur einen Tisch mit zwei Plätzen, den Tisch da drüben, an der Wand, aber Nighthawk hat uns gebeten, ihn immer für einen Freund von ihm bereitzuhalten, der fast jeden Dienstagabend kommt. Da Sie allein sind, würde ich Sie bitten, sich an die Bar zu setzen.«

Carlisle sagte, dass er verstanden habe, setzte sich auf einen der Barhocker und bestellte ein Bier. Dabei ließ er den Tisch an der Wand, auf dessen mit blauen Karos gemusterter Tischdecke ein »Reserviert«-Schildchen stand, nicht aus den Augen. Auf der kleinen Bühne, die sich ganz in der Nähe des reservierten Tisches befand, baute ein Schlagzeuger sein Instrument auf.

∽

Robert Kincaid und Wynn McMillan unterhielten sich am Montagabend bis spät in die Nacht. Mittendrin erinnerte er sich plötzlich voller Schuldgefühle und mit Selbstvorwürfen an Highway, der im Wagen auf ihn wartete. Sie holten ihn und spazierten in einer steifen Brise um die Landzunge. Während die Mondsichel über ihnen hin und wieder von vorbeihuschenden Wolken verdeckt wurde, erzählte sie ihm von Carlisles Kindheit und Jugend. Wieder im Restaurant, setzte sie ihren Bericht bei einem späten Abendessen fort und schilderte ihm, wie ihr Sohn unter der Anleitung eines Mannes namens Cody Marx ein hervorragender Zimmermann geworden war.

Und sie erzählte ihm von Carlisles Suche nach einem Mann namens Robert Kincaid und wie er auf der Grundlage dessen, woran sie sich erinnert hatte, durch eigene Recherche auf den Namen gestoßen war. Kincaid hörte zu und versuchte die Neuigkeit zu verarbeiten und sein zurückliegendes und noch vor ihm liegendes Leben neu zu bewerten. Bisher hatte er in dem Bewusstsein und mit dem Gefühl gelebt, im Universum allein zu sein, aber dies und alle seine anderen persönlichen Wahrheiten über das Dasein waren durch das, was Wynn ihm in den letzten vier Stunden erzählt hatte, gründlich durcheinander gewirbelt worden.

Gegen elf Uhr sagte sie: »Robert, ich denke, wir sollten Carlisle anrufen und ihm sagen, dass du hier bist.«

Er stimmte zu und ging mit ihr in den hinteren Bereich des Restaurants zu einem Münztelefon. Das Restaurant war zur Hälfte gefüllt, an allen Tischen wurde lebhaft geredet. Wynn wählte Carlisles Nummer in South Dakota und legte nach dem zehnten Klingeln wieder auf.

»Weiß der Himmel, wo er wieder steckt«, sagte sie und lächelte. »Er ist ein bisschen wie sein Vater – immer auf Achse. Ich habe genug von der Restaurant-Atmosphäre, wenn du einverstanden bist, können wir uns bei mir zu Hause weiter unterhalten.«

Später, irgendwann nach ein Uhr morgens, fragte er sie, ob sie noch einmal für ihn Cello spielen würde, das Stück, das sie damals in Big Sur für ihn gespielt hatte. Sie setzte sich auf einen Stuhl mit senkrechter Lehne und spielte Schubert, während er es sich in einem Schaukelstuhl aus Holz bequem machte, die Hände auf seinem Schoß faltete und mit gesenktem Kopf andächtig zuhörte.

Als sie fertig war, dankte er ihr und sagte: »Wynn, ich habe mich immer daran erinnert, wie warm der Sand damals war, in jenem September 1945. Das ist eines der Dinge, die ich nie vergessen habe.«

Wynn neigte den Kopf und lächelte ihn versonnen an. »Ich weiß, Robert. Ich habe es auch nie vergessen.«

Auf Kincaid wartete in Seattle ein kleinerer Fotoauftrag. Nur eine unbedeutende Geschichte für ein lokales Monatsmagazin, aber der Auftrag brachte dreihundert Dollar, und er brauchte das Geld. Sie stimmten darin überein, dass sie sich auf jeden Fall einmal zu dritt treffen und etwas Zeit miteinander verbringen sollten – sie, er und Carlisle.

»Ich bin nicht sicher, ob wir uns für ein richtiges Familiendasein eignen«, sagte sie. »Aber wir sollten uns alle drei hinsetzen und uns gegenseitig unser Leben erzählen, rekapitulieren, was wir falsch gemacht haben und was uns gelungen ist.«

Er bot an, falls erforderlich, mit dem Auto nach South Dakota zu fahren und sie mitzunehmen, doch sie war wegen ihrer Arbeit dafür, Carlisle lieber auf einen Besuch nach Mendocino einzuladen, und versicherte ihm, dass er bestimmt das erste erreichbare Flugzeug besteigen würde, wenn sie ihm erzählte, was passiert war.

Wynn bot ihm für die Nacht eine Couch an, doch Kincaid lehnte ab. Allerdings, sagte er, würde er gerne zu einem zeitigen Frühstück noch einmal bei ihr vorbeikommen, wenn sie nichts dagegen hätte. Fürs Erste hatte er das Bedürfnis, allein zu sein und nachzudenken und all das, was sie ihm erzählt hatte, in seinen Lebensplan einzuordnen.

Am Dienstagmorgen standen sie eine Weile bei seinem Laster. Er machte alles abfahrbreit, und als sie ihn diesmal im Tageslicht beobachtete, wie er gut ausgeschlafen durch das geöffnete Fenster langte und Highway tätschelte, erkannte sie ein Stück weit den Motorradfahrer aus Big Sur wieder. Er hinkte ein wenig, aber seine breiten Schultern und sein schlanker Körper waren noch voll intakt. Und er strahlte immer noch diese Intensität aus. Und dann waren da natürlich die Augen, die sie nie vergessen hatte, Augen, die durch alles, was er sah, hindurchblickten auf irgendetwas dahinter Liegendes, das nur er sah und das nur durch seine Kameralinsen Gestalt annehmen konnte.

Sie lächelte ihn an. Er schüttelte ihr die Hand, ging dann einen Schritt vor, umarmte sie und roch ihr Haar, wie er es damals am Strand von Big Sur gerochen hatte, vor sechsunddreißig Jahren. Sie legte ihren Kopf gegen seine Brust, zeigte aufs Meer und flüsterte: »Die Wale kommen immer noch im März.«

∽

Nighthawk Cummings betrat die Bühne um zwei Minuten nach neun. Die Tische waren etwa zu drei Vierteln besetzt, vereinzelt wurde geklatscht. Er schnippte mit den Fingern, zählte den Takt und hob das alte Selmer-Saxofon an seine Lippen. Im zweiten Beat des nächsten Taktes setzte er mit den Pick-up-Noten ein. Das Quartett legte voll los und spielte »This is a Lovely Way to Spend an Evening«, und Nighthawk, der ein Meister des Hardbops war, zauberte auf seinem Tenorsaxofon die klarsten, fast überschäumenden Töne hervor.

Der Tisch mit dem »Reserviert«-Schildchen war noch leer. Carlisle versuchte sich auf die Musik zu konzentrieren, doch es gelang ihm einfach nicht. Er sah unentwegt zwischen dem Tisch und der Eingangstür hin und her.

Da seine Mutter Cello spielte, hatte er, was Musik anging, durchaus ein geschultes Ohr, doch in der Jazzmusik kannte er sich nicht besonders gut aus. Nighthawk Cummings kündigte jedes einzelne Stück an, doch er nuschelte so leise und undeutlich ins Mikrofon, als ob es sowieso nicht darauf ankäme, dass er verstanden wurde, da ohnehin jeder die Namen der Stücke kannte und seine Ankündigungen eher eine zeremonielle Bedeutung hatten. Carlisle schnappte etwas von »Green Dolphin Street« auf, ein anderes Stück hieß »Oleo« und war offenbar von jemandem geschrieben worden, der mit Nachnamen Rollins hieß und dessen Vorname nicht zu ihm durchgedrungen war.

Als das Quartett die erste Pause einlegte, war der einzige Tisch mit zwei Plätzen immer noch leer, das »Reserviert«-Schildchen hielt ihn nach wie vor frei. Nighthawk Cummings kam von der Bühne an die Bar und bestellte sich einen Glenlivet. Er stand keinen Meter von Carlisle entfernt gegen die Theke gelehnt und betrachtete sein Publikum. Hin und wieder gesellten sich einzelne der Gäste zu ihm und fachsimpelten kenntnisreich mit ihm über seine Musik. Der Art nach zu urteilen, wie sie auf ihn zugingen und ihm die Hand schüttelten, mussten es langjährige Fans sein.

»Yeah«, sagte Nighthawk zu einem dieser Fans und dehnte dabei langsam jeden einzelnen Vokal. »Joy hat direkt vor dem Grundton einen übermäßigen Septakkord angeschlagen – normalerweise macht er das bei ›Stars Fell on Alabama‹ nicht – und plötzlich hatte ich einen Sound im Kopf, den ich vorher noch nie mit diesem Stück assoziiert habe.«

Ein anderer bat ihn, »Autumn Leaves«, zu spielen, und Nighthawk antwortete: »Wir spielen es auf jeden Fall noch, vielleicht gleich nach der Pause. Ein

Freund von mir hört das Stück so gerne, und ich wollte warten, bis er kommt; vielleicht kreuzt er ja heute Abend noch auf.«

Als er wieder alleine war, sah er zu Carlisle herüber und sagte: »Guten Abend. Sie habe ich hier, glaube ich, noch nie gesehen.«

»Ich bin aus einem ganz besonderen Grund hier«, entgegnete Carlisle und lächelte.

Nighthawk Cummings kniff die Augen zusammen. »Und was mag das für ein Grund sein?«

»Ich bin auf der Suche nach einem Mann namens Robert Kincaid.«

Nighthawk verzog keine Miene. »Und warum suchen Sie einen Mann, der so heißt?«

Carlisle erzählte ihm, dass er nach einem Bindeglied in seinem Stammbaum suchte, und hoffte, dass Nighthawk ihm von sich aus irgendetwas über Kincaid erzählte. Doch der Musiker nippte an seinem Glenlivet und schwieg.

Nach einer angemessenen Pause fuhr Carlisle fort: »Soweit ich weiß, kommt er oft hierher und wie es heißt, sind Sie mit ihm befreundet.«

»Selbst wenn wir es wären, würde ich Ihnen nichts erzählen. Ich rede nie über meine Freunde, es sei denn, sie haben mich ausdrücklich darum gebeten. Über seine Freunde zu reden ist der beste Weg, sie zu verlieren. Nett, Sie getroffen zu haben. Ich muss mich jetzt für den nächsten Auftritt vorbereiten.«

Er ging auf die Bühne, nahm sein Tenorsaxofon, und während die anderen drei Musiker ihre Plätze einnahmen, lockerte er seine Finger, indem er sie mit ungeheurer Geschwindigkeit in Es-Dur über die goldenen Klappen flitzen ließ.

∾

Um acht Uhr am Dienstagabend war Robert Kincaid wieder zu Hause. Er hatte Highway bereits gefüttert und saß jetzt in seiner Küche und rekapitulierte noch einmal, was Wynn McMillan ihm erzählt hatte. Es kam ihm alles vor wie ein Traum. Sein eigenartiges Leben war in den vergangenen vierundzwanzig Stunden noch ein ganzes Stück eigenartiger geworden. Er ging zum Aktenschrank und nahm die Schachtel mit den Fotos heraus. Dann saß er für eine Weile da und betrachtete Francesca Johnson. Vor ein paar Tagen erst hatte er in ihrer Sphäre gestanden und sich erinnert. Und, Gott, wie sehr er sie immer noch liebte, auch wenn er sich eingestand, dass derartige Dinge in der Erinnerung immer noch schöner sind, als sie tatsächlich je waren.

Irgendwie hatte er das Gefühl, dass Francesca über Wynn und Carlisle Bescheid wissen sollte. Er wusste auch nicht genau, warum er das für erforderlich hielt, aber im Moment erschien es ihm einfach richtig, es hatte vermutlich etwas mit Aufrichtigkeit zu tun und dem Drang, ihr die volle Wahrheit zu erzählen. Vor drei Jahren hatte er bei einem Anwalt einen Brief hinterlegt. Zusammen mit dem Brief hatte er die Anweisung erteilt, diesen, falls ihm etwas zustieß, zusammen mit einigen anderen Gegenständen an eine bestimmte Adresse im Madison County, Iowa, zu schicken. Er beschloss, den Brief noch einmal neu aufzusetzen und die Neufassung gelegentlich im Büro des Anwalts abzugeben.

Immer noch auf das Bild von Francesca starrend, musste er plötzlich weinen, und der Weinanfall wurde von unregelmäßigen erstickten Schluchzern begleitet. Er beugte sich über den Küchentisch und ließ seinen Tränen freien Lauf. Zwischen den Schluchzern sprach er zu sich selbst: »Oh, mein Gott ... die ganze Zeit ... all diese verdammten, endlos langen Jahre der Einsamkeit ... war ich doch nicht allein.« Highway kam zu ihm getrottet und stupste ihn am Arm.

Tief in seinem Inneren spürte er ein Gefühl von tiefer Schuld. Schuld, weil er einen Sohn gezeugt hatte und dann nicht zur Stelle gewesen war, um ihn großzuziehen und Wynn bei der Erziehung zu helfen. Wynn hatte so gut wie möglich versucht, seine Schuldgefühle zu mildern, indem sie ihm versicherte, dass sie es nie bereut hatte, Carlisle auf die Welt gebracht zu haben, und dass Kincaid ja nichts von dessen Existenz habe wissen können.

Ihre Worte halfen ihm ein wenig, doch er wusste, dass er die Schuldgefühle bis an sein Lebensende mit sich herumtragen würde. Die Umstände waren eine Sache, aber die Tatsache, dass er nicht zur Stelle gewesen war, war etwas anderes, und es gab keine Möglichkeit, beides in Einklang zu bringen und sich damit abzufinden. Vielleicht konnte er es ihr und Carlisle gegenüber irgendwie wieder gutmachen.

Dreißig Minuten später warf er einen Blick auf seine Uhr. Es war neun. Das Wetter draußen war gut, und Nighthawk würde gerade loslegen. Verdammt, ein Mann, der vor kurzem noch einmal ganz nah bei Francesca Johnson gewesen war und der zudem von der Existenz eines Sohnes erfahren hatte, von dem er nichts wusste, sollte dies doch irgendwie feiern oder sich aus diesem Anlass wenigstens etwas gönnen. Eine große Liebe verloren, einen Sohn gefunden. Das eine konnte das andere nicht ersetzen, dafür waren die Dinge zu verschieden, aber er spürte doch eine gewisse Balance in seinem Leben, die es vorher nicht gegeben hatte. Er konnte die Zehn-Uhr-Fähre nehmen.

Er ging zu Highway, der auf einer alten Decke lag und alle viere von sich streckte, hockte sich nieder und streichelte den Hund. »Ich bin bald zurück, mein Freund. Ich will nur mal kurz unserem alten Kumpel Nighthawk einen Besuch abstatten.« Er schlüpfte in seinen Mantel und zog hinter sich sachte die Tür zu.

∼

Carlisle zog den Ärmel seiner Lederjacke ein wenig hoch und warf einen Blick auf seine Uhr. Seine Augen tränten vom dicken Zigarettenqualm, der die Kneipe einnebelte, und er musste zweimal blinzeln, um das Zifferblatt zu erkennen. Halb elf, und der kleine Tisch an der Wand war immer noch leer. Er veränderte seine Sitzposition und bestellte sein drittes Bier.

Nighthawk Cummings und seine Gruppe waren

voll in ihrem Element und brachten das Shorty's mit Ellingtons »It Don't Mean a Thing« regelrecht zum Kochen. Nighthawk war zurückgetreten und überließ dem Pianisten die Bühne für ein ausgedehntes Solo; der Bassist war über sein Instrument gebeugt, seine Hände huschten spinnenartig über das Griffbrett des vor ihm stehenden Kontrabasses. Der Schlagzeuger nickte im Takt zur Musik und setzte genau an den richtigen Stellen die Akzente. Plötzlich sah Carlisle, wie Nighthawk grinste und in einer kaum erkennbaren Begrüßungsgeste Richtung Eingangstür ein wenig die Hand hob.

Carlisle drehte sich auf seinem Barhocker um und sah einen Mann mit langem grauem Haar durch die Tür kommen. Als er sah, wie der Mann sich durch den vollen Raum vorarbeitete und auf den reservierten Tisch an der Wand zusteuerte und dort Platz nahm, bekam er feuchte Hände. Auf Grund der Fotos aus *National Geographic* war er absolut sicher, dass es Robert Kincaid war. Ein Kellner kam an den Tisch, stellte vor dem Mann ein Bier hin, ohne dass dieser zuvor etwas bestellt hatte, und nahm das »Reserviert«-Schildchen weg. Nighthawk hob sein Saxofon wieder an seine Lippen, ließ ein Trading Fours mit dem Pianospieler folgen, und sie spielten das Stück zu Ende.

Nach zwei weiteren Stücken ging Nighthawk ans Mikrofon und sagte: »Wir spielen jetzt etwas für einen guten Freund von mir. Ich habe das Stück schon vor längerer Zeit geschrieben, es heißt ›Francesca‹.« Er gab ein langsames Tempo vor, dann blies er im ersten Takt eine kehlige, kleine melodische Figur, deren Melodie sozusagen den Namen der Frau aussprach: »Fran-ces-ca«. Der Mann an dem Tisch mit den zwei Plätzen strich sich mit beiden Händen das Haar zurück. Dann beugte er sich vor, umklammerte seine Bierflasche, starrte sie an und lauschte der Musik.

Im zweiten Chorus senkte Nighthawk sein Saxofon, ging ans Mikrofon und begann in rauem Bariton zu singen:

> *Francesca, ich denke an dich*
> *und an die alten Pfade des Sommers.*
> *Du trugst Silber*
> *an den langen gelben Tagen ...*

Am Ende des Stückes leitete der Pianist von B-Dur nach E-Moll über und gab Nighthawk die nahtlose Einleitung von »Autumn Leaves« vor. Der grauhaarige Mann an dem Tisch an der Wand starrte weiter auf seine Bierflasche. Carlisle beobachtete ihn und verstand, was Wynn gemeint hatte, als sie sich an seine Augen erinnert hatte – alte Augen, älter als die eines einzigen Menschenlebens. Er versuchte sich den Mann an dem Tisch als Silhouette vorzustellen, die auf einem Motorrad durch die Santa-Lucia-Berge kurvte, und hatte keine Schwierigkeiten dabei. Er konnte ihn sehen, wie er über die hohen Brücken brauste und sich in die Kurven legte und eine junge Frau auf dem Rücksitz ihre Arme um seine Taille gelegt hatte und ihr langes Haar hinter ihr herwehte und vom Fahrtwind durcheinander gewirbelt wurde.

Nighthawk beendete »Autumn Leaves« mit einer getragenen Strecke Halbtöne und sah zu Robert Kincaid hinunter, der da allein vor seinem Bier saß und von allem ganz weit weg zu sein schien, an einem Ort, der Nighthawk Cummings nicht unbekannt war. Schließlich sah Kincaid zu Nighthawk auf, lächelte und bedankte sich mit einem Nicken für die beiden letzten Stücke.

»Vielen Dank, vielen Dank«, sagte Nighthawk ins Mikrofon und stellte sein Saxofon in den Ständer. »Ich bin gleich zurück, dann geht's weiter.« Er stieg von der Bühne, ging zu dem kleinen Tisch an der Wand, setzte sich und schüttelte Kincaid die Hand. Während sie sich unterhielten, sah er sich zweimal zu Carlisle McMillan um. Nach ein oder zwei Minuten sah auch der grauhaarige Mann Carlisle an.

Vielleicht bin ich die ganze Sache ein bisschen dumm angegangen, dachte Carlisle. Er hatte keinen Zweifel, dass diese beiden Männer, also speziell dieser Nighthawk Cummings und Robert Kincaid, in einer komplett anderen Welt lebten als die meisten Menschen und insbesondere als die Angehörigen seiner Generation. Sie waren nicht so kontaktfreudig und hatten nicht diese »Hi Baby, alles klar?«-Attitüde, die in den sechziger und siebziger Jahren aufgekommen war und sich immer mehr durchzusetzen schien.

Robert Kincaid drehte sich ein weiteres Mal um und starrte Carlisle an. Dann sagte er irgendetwas zu Nighthawk, woraufhin der Saxofonspieler aufstand und ans andere Ende der Theke ging. Dort bestellte er sich einen neuen Glenlivet und redete ein bisschen mit dem Barkeeper. Kincaid sah erneut sein Bier an und rief sich den Schnappschuss in Erinnerung, den Wynn ihm beim Frühstück gezeigt hatte. Hinter der Theke begann ein Telefon zu bimmeln, als er schließlich aufstand und leicht hinkend zu Carlisle hinüberging. Dabei lächelte er das warme und milde Lächeln eines Vaters, der seinen Sohn lange nicht gesehen hatte.

VIERZEHNTES KAPITEL

Viele eigenartige Stunden

Carlisle blieb länger als zwei Tage in Seattle, und es waren eigenartige Stunden, in denen er und Robert Kincaid redeten und redeten und redeten. Sie saßen in seiner Hütte am Küchentisch und sprachen mehr wie zwei neue Freunde miteinander als wie Vater und Sohn. Wenn diese Bande überhaupt je geschmiedet werden sollten, brauchte es dazu mehr als ein Händeschütteln und ein paar Stunden Unterhaltung. Doch beide prüften einander lange und intensiv und versuchten zu realisieren, was ganz offensichtlich wahr war und doch immer noch irgendwie unreal schien. Carlisle McMillan, der uneheliche Sohn eines einsamen Motorradfahrers, welcher ihm nun am Küchentisch gegenübersaß. Und Robert Kincaid, der an entlegenen Orten und in entfernten Träumen Herumgereiste, der auf einmal damit klarkommen musste, dass er einen Sohn hatte, dessen Gesicht er sehen und dessen Stimme er hören konnte.

Kincaid rang um Worte und versicherte Carlisle ein

ums andere Mal, wie Leid es ihm tat, dass er nicht zur Stelle gewesen war und Wynn hatte helfen können, ihn großzuziehen. »Ich habe ihr geschrieben, Carlisle, wirklich. Wir haben uns einfach aus den Augen verloren.«

»Mann, als ich noch jünger war, war ich darüber ziemlich wütend, und es hat mich ganz schön durcheinander gebracht«, stellte Carlisle klar und musterte die kleine Hütte. Die Decke war dringend renovierungsbedürftig, an einigen Stellen war das Dach leck, und es tropfte durch. »Wynn war eine gute Mutter, in gewisser Weise, und was ihren Lebensstil angeht, sicher etwas unkonventionell, aber auf ihre eigene Art zäh und nicht unterzukriegen. Sie hat nicht ein einziges Mal schlecht von dir geredet und ihren Fünfzigprozentanteil an der ganzen Sache voll akzeptiert.«

Dann erzählte er von Cody Marx, seinem Lehrmeister als Zimmermann und in allen sonstigen Lebensdingen. Kincaid hörte gespannt zu. »Also, diesem Cody Marx muss ich ja wirklich dankbar sein. Lebt er noch?«

»Nein, er ist schon vor einiger Zeit gestorben. Sein Tod war ein ziemlich schwerer Schlag für mich. Ich weiß nicht, was ohne Cody aus mir geworden wäre.«

Er zögerte einen Moment und fragte dann: »Hast du Wynn damals geliebt? Oder ist das eine dumme Frage?«

Kincaid spielte mit einem Päckchen Camel herum, nahm eine Zigarette heraus und zündete sie mit einem Streichholz an. Auf der Streichholzschachtel stand eine kurze Werbebotschaft: *Motel Seeblick – In Astoria, Oregon, der richtige Ort zum Übernachten.* Er rauchte und strich sich mit der linken Hand übers Kinn.

»Nein«, sagte er schließlich. »Es würde nicht der Wahrheit entsprechen, wenn ich dir erzählen würde, dass ich sie geliebt habe. Wir waren nicht sehr lange zusammen. Für die meisten von uns waren das damals ziemlich turbulente Jahre, wir mussten zusehen, nach dem Krieg unser Leben wieder in geordnete Bahnen zu lenken, und mussten das alles auch im Kopf verarbeiten. Wir haben aber auch nicht nur ein bisschen am Strand herumgealbert, zwischen uns war mehr, und ich denke, dass wir das beide gespürt haben, aber dieses Pflänzlein hatte nie eine Chance, sich weiterzuentwickeln. Wir hatten beide ernsthafte Absichten, darüber waren Wynn und ich uns neulich bei unserem Wiedersehen völlig einig. Aber wir waren damals jung, und, na ja, es ist irgendwie schwer zu erklären …« Er schüttelte den Kopf, sah hinab auf den Tisch und starrte seine Hände an.

»Genauso hat es mir Wynn immer wieder erzählt«, entgegnete Carlisle. Er sah seinen Vater direkt an. »Letztendlich habe ich meine Wut überwunden und mit alldem halbwegs meinen Frieden gemacht.« Für einen Moment war er versucht, den Satz mit »Dad« zu beenden, doch er brachte das Wort nicht über die Lippen. Die Beziehung zu dem Mann, der ihm da gegenüber saß, beruhte auf Blutsverwandtschaft und nach ihren gemeinsamen Stunden vielleicht sogar auf ein bisschen mehr, aber es war noch nicht so weit, dass ihm »Dad« als angemessen erschien. Vielleicht würde es nie so weit kommen.

Kincaid zog ein gelbes Tuch aus der rechten Hosentasche seiner verblichenen Jeans und tupfte sich damit die Augen ab. »Verdammt, Carlisle, so viele vergeudete Jahre, in denen wir viele Dinge hätten gemeinsam tun können ... so viele Jahre.«

Er schüttelte das Tuch. »Entschuldige, aber in letzter Zeit muss ich mir ein bisschen oft die Augen wischen.«

Carlisle spürte, wie ihm selber die Augen feucht wurden. Er langte über den Tisch und umfasste Kincaids Schulter, die sich trotz seines Alters und seiner schlanken Erscheinung ziemlich muskulös anfühlte. Das silberne Medaillon, das er unter dem Hemd getragen hatte, war herausgerutscht und baumelte im Licht. Auf dem Medaillon war irgendetwas eingraviert, doch das Metall war angelaufen und zerkratzt und die Worte nicht zu entziffern. Für den Moment zügelte Carlisle seine Neugier, doch irgendwann wollte er seinen Vater nach der Bedeutung dieses Medaillons fragen.

»Sieh mal«, sagte er schließlich und hielt immer noch Kincaids Schulter. »Ich denke, wer das Gesicht seines Vaters kennt, ist ein glücklicher Mann. Insofern kann ich sagen, dass ich glücklich bin.«

Er fragte, ob er vielleicht ein paar Fotos sehen könne, woraufhin Kincaids Gesicht sich schlagartig aufhellte. Er ging zum Aktenschrank und entnahm ihm etliche Folien mit seinen Bildern. Wenn ihm das Reden schwer fiel, so waren die Fotos eine Möglichkeit, seinem Sohn zu zeigen, wie er sein Leben gelebt hatte. Er holte eine kleine tragbare Leuchtbox und stellte sie auf den Küchentisch. Sie verbrachten den ganzen Nachmittag des folgenden Tages über der Leuchtbox und betrachteten Kincaids Bilder, und er erzählte und erzählte von seinen Jahren auf der Straße, wann er welches Foto wo gemacht hatte und von den Gerüchen und dem Licht; bei jedem einzelnen Bild fiel ihm alles genau wieder ein. Einige der Fotos kannte Carlisle bereits von den kopierten Reportagen aus *National Geographic*.

Einige der Arbeiten überraschten ihn. Während den meisten Bildern eine erkennbar poetische Vision zu Grunde lag, fielen ihm einige knallhart realistische, stark kontrastierte Schwarzweißfotos ins Auge. Vor allem faszinierte ihn die Reihe, die Kincaid im Rahmen eines UNICEF-Projekts mit Namen »Die Slums von Jakarta« gemacht hatte.

»Das war ein ziemlicher Höllenjob«, stellte Kincaid klar und presste beim Betrachten der auf dem Tisch ausgebreiteten Abzüge die Lippen zusammen. »Ich habe dafür kein Honorar genommen und mir nur die Auslagen erstatten lassen, aber die Arbeit war es einfach wert. Es ist gut, hin und wieder auch mal so etwas zu machen. Hilft dabei, sich von den klischeehaften Bilderbuchvorstellungen zu befreien, die viele Leute oft von unterentwickelten Ländern haben. Es gibt da eben nicht nur Orang-Utans und Elefanten und farbenprächtige Zeremonien und Sonnenuntergänge an einem in milden Rottönen gestreiften Himmel vor der Kulisse über Afrika dahinziehender Flamingos.«

Er öffnete eine andere Schachtel mit Abzügen. »Hier. Die habe ich letztes Jahr ohne Auftrag nur für mich in Seattle in einem Altersheim gemacht. Ich habe von jedem ein Porträt angefertigt und jedem Fotografierten einen fertigen, mattierten und gerahmten Abzug zum Aufhängen oder zum Hinstellen auf eine Kommode gegeben oder gegebenenfalls auch zum Verschenken an Familienangehörige, doch die meisten waren eh allein. Das war wirklich eine befriedigende Arbeit. Sie waren alle sehr aufgeregt und haben sich für die Aufnahmen richtig in Schale geworfen. Einige waren bettlägerig, und ich musste ganz schön kreativ sein, um es nicht wie in einem Krankenhaus aussehen zu lassen.«

Er lächelte vergnügt, als er Carlisle die Abzüge einen nach dem anderen hinhielt. »Der hier war im Westteil des Staates Lokführer auf einer Kurzstrecke; er hatte zwei Schlaganfälle und ist seitdem teilweise gelähmt. Und diese Frau hat in einem Varieté gesungen. Der war Müllmann, der hier Lastwagenmechaniker, der war Kinderbuchzeichner und diese Frau Prostituierte. Das Altersheim ist eine Fundgrube für gute Geschichten; es gibt eine Million davon, und sie warten nur darauf, dass jemand sie aufschreibt.« Mit einem Lächeln legte er die Abzüge zurück in die Schachtel.

Als sie sich am Abend ein einfaches Mahl zubereiteten, sagte Kincaid: »Ich möchte dich um einen Gefallen bitten, Carlisle.«

Carlisle schwieg und wartete, doch ihm war nicht entgangen, mit welchem Ernst sein Vater seinen Wunsch vorgebracht hatte.

»Nach meinem Tod möchte ich, dass du sämtliche Negative, Dias und Abzüge verbrennst. Ich sorge dafür, dass du alles in diesem Aktenschrank und in meinem Schlafzimmerschrank findest.«

Carlisle wollte protestieren, doch Kincaid hob die Hand und machte deutlich, dass er noch nicht fertig war. »Es hat mit einer bestimmten Sichtweise von Leben und Tod zu tun, die man mit Worten eigentlich nicht erklären kann. Es ist eher so eine Art Bauchgefühl, dass die Zeit und ich alte Partner sind und dass ich auf dem großen Pfeil einfach nur ein weiterer Reisender bin. Mein Leben ist nicht mehr wert als das, was ich daraus gemacht habe, und ich habe das Streben nach Unsterblichkeit schon immer für etwas Vergebliches, ja für lächerlich gehalten und die aufwändigen Särge für einen bemitleidenswerten Versuch, den Kohlenstoffzyklus aufzuhalten.«

Er rührte mit einer Schöpfkelle in einem Topf Gemüsesuppe herum, sah zu Carlisle hinüber und fuhr weiterrührend fort: »Diese Sichtweise führt mich zu meiner Bitte, aber auch die Tatsache, dass ich nicht will, dass meine Fotos irgendwo herumgeistern und ich keinen Einfluss mehr darauf nehmen kann, wie sie verwendet werden. Der Hafenarbeiter in Mombasa oder die junge Frau auf einem Feld in Mexiko enden womöglich in billigen Reisebroschüren. Und einer der Männer, die mit einem Boot mit sechs Rudern rausfahren aufs Meer, findet möglicherweise seinen Weg in ein Werbeheftchen für Rudermaschinen. Oder, was fast genauso schlimm wäre, die Fotos landen in einer Ausstellung, und irgendwelche Brie und Cracker knabbernden Leute suchen in den Bildern irgendeinen tieferen Sinn, obwohl sie nie einen tieferen Sinn hatten. Es sind schließlich einfach nur Bilder.«

»Ich könnte sicherstellen, dass nichts von alldem passiert«, wandte Carlisle ein.

»Ja, das könntest du, und solange du lebst, wäre ich auch sicher, dass du es tun würdest. Aber du stirbst auch einmal, und was wäre dann?« Kincaid holte zwei Dosen Bier aus dem Kühlschrank und reichte Carlisle eine. »Aber davon abgesehen geht es mir auch nicht nur um die Verwendung der Fotos. Es geht mir vor allem darum, was ich dir eben gesagt habe. Wenn ich sterbe, will ich einen sauber gefegten Fußboden zurücklassen, ich will keine Spuren hinterlassen, alles soll weg sein. Es ist einfach meine Art, Carlisle, einfach die Art, wie ich die Dinge sehe.«

»Okay. Ich werde es tun. Ich verspreche es dir, auch wenn ich wünschte, dass du es anders sehen würdest.«

Kincaid dankte ihm. Er scharrte verlegen mit den Stiefeln und sah auf den Boden. Plötzlich keuchte er und beugte sich etwas vor. Ein Schmerz stach in seiner Brust, und ihm wurde erneut schwindlig und übel. Er stützte sich am Kühlschrank ab, Schweißtropfen rannen ihm über das ganze Gesicht.

»Mein Gott, was hast du?«, rief Carlisle und stürmte zu ihm.

Kincaid winkte ab und bedeutete ihm zu bleiben, wo er war. »In ein oder zwei Minuten ist alles vorbei«, keuchte er. »Irgend so eine verrückte Sache, die mit dem Alter zu tun hat.« Sein sonnengebräuntes Gesicht hatte sich erkennbar grau verfärbt, und das Atmen bereitete ihm Mühe.

Carlisle half ihm auf einen Stuhl, und einige Minuten später rang Kincaid sich ein schmales Lächeln ab. »Ist wieder okay. Diese Anfälle plagen mich seit einiger Zeit. Doch sie verschwinden so schnell, wie sie kommen, und dann geht's mir wieder gut.«

»Soll ich dich zu einem Arzt bringen?«, fragte Carlisle besorgt.

Highway kam an den Tisch und legte seinen Kopf auf Kincaids Bein.

»Nein. Ich war schon bei einem.« Er langte zu dem Hund hinunter und kraulte ihm den Nacken, wobei er die Finger tief in dessen Fell vergrub. »Der Doc hat gesagt, dass so weit alles okay ist. Das Ganze soll irgendwas mit einem unregelmäßigen Herzschlag oder etwas in der Art zu tun haben. Es geht immer schnell wieder vorbei. Ich werde lernen müssen, damit zu leben.«

Carlisle glaubte ihm kein Wort, aber er beließ es erst einmal dabei. Offenbar hatte sein Vater seine eigene Sichtweise über sich und sein Leben, eine Sicht, die Carlisle immer noch nicht ganz begriff und vielleicht nie komplett verstehen würde.

Eine Stunde später lachten sie wieder und schüttelten die Köpfe, als Carlisle erfuhr, dass sein Vater erst vor einer Woche in Salamander gewesen war. Er fragte ihn, ob er ihn nicht einmal in South Dakota besuchen und sich sein restauriertes Haus ansehen wolle. Was das Flugticket angehe, so könne er ihm, falls erforderlich, gerne unter die Arme greifen. Kincaid sagte, dass er gerne komme, vielleicht im Frühling, wenn das Wetter etwas besser sei und er mit dem alten Mann, der über Lester's wohnte, etwas besser in der Gegend herumkommen konnte; dann würden sie auch ins Leroy's rübergehen und sich Gabes Tangos anhören. Carlisle versprach ihm, gelegentlich nach Seattle zu kommen und sein Werkzeug mitzubringen und die Hütte ein bisschen auf Vordermann zu bringen.

Sie redeten über Fotografie und das Zimmermannshandwerk und darüber, wie man lernt, die Dinge richtig zu tun. Kincaid erzählte, wie er einmal vierundzwanzig Stunden lang ein einziges Blatt eines herbstlichen Ahornbaums beobachtet hatte. Von der Morgendämmerung bis zum Sonnenuntergang und dann die ganze Nacht hindurch, während der Mond über das Blatt wanderte, hatte er es studiert, vermessen, auf Zelluloid gebannt. Zu begreifen, wie allein das Licht ein Objekt verändern konnte, verglich er damit, verschiedene Tonleitern hoch und runter zu spielen oder gar ein ganzes Musikstück einzuüben.

Carlisle verstand und erzählte seinerseits, wie Cody Marx ihn die meisten Routinetätigkeiten wieder und wieder machen ließ, bis sie ihm in Fleisch und Blut übergegangen waren. Er lachte. »Die Oberfläche vorbereiten, diese Worte, vor denen es jedem Hobbyhandwerker graust, weil sie entsetzliche Langeweile bedeuten, hat Cody mir dermaßen eingebläut, dass ich sie nie vergessen werde. In meinem ersten Lehrjahr habe ich im Grunde nichts anderes gemacht, als mit einem Handhobel alte Farbe abzuschmirgeln.«

Am nächsten Tag brachte Kincaid Carlisle zum Flughafen Seattle-Tacoma, die Kameraausrüstung stand zwischen ihnen auf dem Sitz. Als Carlisles Flug aufgerufen wurde, standen sie einen Moment da und sahen sich an.

»Pass auf dich auf«, sagte Carlisle ernst und meinte es im wahrsten Sinne des Wortes.

Robert Kincaid grinste. »Ich habe schon einen Haufen Meilen auf dem Buckel, Carlisle, aber meistens habe ich das Gefühl, dass ich noch über ausreichend Reserven verfüge, um noch einige dazukommen zu lassen.« Er sah auf seine Uhr. »Also gut, ich gehe jetzt mal besser ein paar Fotos schießen und ein bisschen Geld verdienen.«

Carlisle ging hinter der Menge her zur Passagierschleuse. Dann drehte er sich um und bahnte sich durch das Gedränge einen Weg zurück zu seinem Vater. Dieser sah ihn an, straffte seine orangefarbenen Hosenträger, fasste an seinen Gürtel und erinnerte sich, dass er das Messer wegen der strengen Sicherheitsvorschriften, die auf dem Flughafen galten, im Wagen gelassen hatte.

»Ich erwarte dich im Frühling«, sagte Carlisle. Er hatte einen Kloß im Hals und würgte die Worte fast heraus. Über die Lautsprecher kam der letzte Aufruf für den Flug nach Denver.

»Ich würde dir gerne mein Werk zeigen«, fuhr er heiser fort. Er räusperte sich und fügte leise hinzu: »Ich glaube ... ich glaube, jeder Sohn sehnt sich nach der Anerkennung seines Vaters.«

Sie gingen aufeinander zu. Carlisle stellte seine Tasche auf den Boden und legte beide Arme um seinen Vater. Kincaid erwiderte die Umarmung.

»Ach, verdammt, alter Mann, was für ein verdammter Mist. Aber egal, ich geh jetzt, und du bleibst hier, okay?« Er spannte einen der orangefarbenen Hosenträger und ließ ihn sanft auf Kincaids Rücken zurückflutschen.

An der Passagierschleuse drehte Carlisle sich um und sah seinen Vater noch einmal an. Er hatte ein ernstes Gesicht und dachte an einen einsamen Motorradfahrer, der vor so vielen Jahren über die Straßen von Big Sur gebraust war, als die Welt noch einfacher war und ein bestimmter Menschenschlag sich nach nichts anderem sehnte als nach Freiheit. Robert Kincaid stand so gerade, wie es ihm seine achtundsechzig Jahre erlaubten, die Hände in den Taschen seiner verwaschenen Levi's vergraben, nickte Carlisle zu und lächelte dann. Es war das warme und herzliche Lächeln eines Vaters, der einen Sohn verabschiedet, den er lange Zeit nicht gesehen und mit dem er viel zu wenige Stunden verbracht hat.

Hinter sich hörte er in der Abflughalle den Aufruf für einen Flug nach Singapur, und draußen auf dem Rollfeld ging eine 747 in Startposition und beschleunigte. Sie war bestimmt auf dem Weg nach Jakarta oder vielleicht auch nach Bangkok oder Kalkutta. Der Bodensteward schloss hinter Carlisle McMillan die Passagierschleuse, und Kincaid wandte sich um und verfolgte die abhebende Boeing, bis sie in den Wolken verschwand. Der Gedanke an ein großes Flugzeug, das irgendwohin unterwegs war, befriedigte ihn genauso wie die Gewissheit, dass er nicht länger allein war.

FÜNFZEHNTES KAPITEL

Alle Spuren verschwunden

Eine Zeit lang brach die neue helle Welt des Robert Kincaid durch den wabernden Nebel des Puget Sounds. Kincaid machte seine Hütte sauber, bügelte seine Kleidung und erzählte Nighthawk stundenlang, was passiert war. Mit besonderer Begeisterung sprach er von seinen Reiseplänen; irgendwann im Frühling wollte er Carlisle in South Dakota besuchen. Er schrieb sich mit Carlisle und Wynn Briefe, und jeder von ihnen enthielt irgendeine Begebenheit oder Erinnerung, die ihnen während ihrer Unterhaltungen nicht eingefallen war. Er vereinbarte sogar einen Arzttermin für eine gründliche Untersuchung.

Aber die Dinge kommen, wie sie kommen. Drei Wochen nachdem er Carlisle nach Denver verabschiedet hatte und vier Tage vor seiner Untersuchung starb Robert Kincaid an einem schweren Herzinfarkt. Er starb allein in seiner Hütte, wo ihn ein Nachbar fand, der durch Highways Bellen alarmiert worden war. Kincaid hatte seinem Freund Nighthawk Cummings die Telefonnummern von Carlisle und Wynn gegeben. Nighthawk rief Carlisle an, und dieser informierte seine Mutter über Kincaids Dahinscheiden. Wynn McMillan weinte und fragte nach den zu treffenden Vorkehrungen für die Beerdigung. Carlisle sagte ihr, dass die sterblichen Überreste seines Vaters bereits verbrannt und die Asche an einem unbekannten Ort verstreut worden seien, was eine von Kincaid beauftragte Anwaltskanzlei veranlasst habe.

Carlisle löste sein Versprechen ein und kehrte zurück nach Seattle. Am Aktenschrank in der Küche klebte ein Zettel mit Kincaids Handschrift: »Carlisle, du findest alles in diesem Schrank und im Schlafzimmerschrank. Du benutzt am besten die Mülltonne, sie steht draußen hinter der Hütte. Danke. Ich habe eine Weile gebraucht zu begreifen, dass du mein Sohn bist, aber jetzt habe ich es verinnerlicht. Und ich kann dir sagen, dass du genau so bist, wie ein Vater sich seinen Sohn wünscht. Falls mir etwas zustößt, kümmert sich Nighthawk um Highway.«

Carlisle setzte sich eine Stunde lang an den alten Küchentisch, und das Summen des Kühlschranks begleitete seine spärlichen Erinnerungen an Robert Kincaid, von denen er wünschte, dass es mehr wären. Er suchte ein paar alte Zeitungen zusammen und entzündete in der Mülltonne ein Feuer. Als er sich die Fotos noch einmal ansah, war er für einen Moment versucht, sein Versprechen zu brechen. Doch das war ausgeschlossen; er hatte sein Wort gegeben. Noch stärker wirkte, dass er allmählich zu verstehen begann, was sein Vater über die Endlichkeit aller Dinge gesagt hatte. Er rief sich dessen Worte in Erinnerung: »Wenn ich sterbe, will ich einen sauber gefegten Fußboden zurücklassen, ich will keine Spuren hinterlassen, alles soll weg sein.«

An diesem klaren, nebellosen Dezembertag stand Carlisle vor der Mülltonne. Er warf die Dias und die Negative eines nach dem anderen ins Feuer und sah zu, wie das Lebenswerk von Robert Kincaid in Rauch und Asche aufging. Der grinsende Hafenarbeiter in Mombasa, das Mädchen auf einem Feld in Mexiko. Der Tiger, der am Ufer des Lake Periyar in Südindien aus dem langen Gras heraustritt, der Mann mit den harten Gesichtszügen, der in North Dakota von einem Mähdrescher herabblickt. Die entfernten Gipfel des Baskenlandes und die Männer, die in der Straße von Malakka aufs Meer hinausrudern. Jedes einzelne Foto kräuselte sich an einem Dezembermorgen in Seattle in einer Mülltonne zusammen und verbrannte.

Carlisle brauchte drei Stunden, die Hinterlassenschaft seines Vaters zu beseitigen. Hin und wieder hielt er ein Dia hoch und sah es sich noch einmal an, bevor er es in die Tonne warf. Zum Schluss waren nur noch ein großer brauner Umschlag und eine weiße Schachtel übrig, die sich in der untersten Schublade des Schlafzimmerschranks befanden. Carlisle öffnete den Umschlag und linste hinein. Er war voller Briefe, etwa zwanzig Stück. Er nahm einen heraus und sah, dass er zugeklebt, aber nie aufgegeben worden war. Bei den anderen Briefen war es genauso, und sie waren alle an Francesca Johnson, RR 2, Winterset, Iowa, adressiert.

Carlisle erinnerte sich an eine Geschichte über überdachte Brücken, die sein Vater in den sechziger Jahren fotografiert hatte. Auch der Name »Winterset« kam ihm bekannt vor. Er erinnerte sich, dass die Stadt in dem Artikel erwähnt worden war. Und hatte Nighthawk Cummings nicht ein Stück gespielt, das »Francesca« hieß? Carlisle zog ein Streichholzheftchen aus seiner Tasche und notierte sich von einem der Umschläge Namen und Adresse. In ihm wuchs die Versuchung, und er betastete einen der Briefe und wendete ihn hin und her. Nein, das wäre nicht recht, überhaupt nicht recht. Er zögerte noch ein paar Sekunden und warf den braunen Umschlag in die Tonne.

Er sah zu, wie der Umschlag Feuer fing, und öffnete die weiße Schachtel. Vorsichtig nahm er ein Blatt Papier heraus, das einen kleinen Stapel Schwarzweißabzüge bedeckte. Das oben liegende Foto zeigte eine Frau, die irgendwo auf einer Weide gegen einen Zaunpfosten lehnte. Sie trug eng sitzende Jeans, ihre Brüste zeichneten sich deutlich unter ihrem T-Shirt ab, und Carlisle dachte, dass sie außerordentlich schön war, und zwar in einer Weise, die nur einer reifen Frau vergönnt war. Ihr schwarzes Haar wehte leicht im Morgenwind, und sie schien jeden Augenblick aus dem Bild herauszutreten und auf ihn zuzukommen.

Direkt unter dem Abzug lag ein weiteres Foto derselben Frau, doch es wirkte weniger plastisch. Die Frau trug eine Kapuze, und das Foto hatte fast impressionistische Züge. Diesmal sah die Frau etwas bedrückt aus, als ob sie gerade etwas verlor, das sie nie wiederfinden könnte.

Carlisle legte die beiden Fotos beiseite und warf die Schachtel mit den anderen ins Feuer. Die Flammen loderten auf, als sie das Papier erfassten. Er starrte erneut die beiden verbliebenen Fotos der Frau an.

Er holte tief und lange Luft und schaute hinaus auf den Puget Sound. In der Ferne sah er einen Blaureiher, der über dem Wasser seine Kreise zog. Und im gleichen Moment, in dem sich in Iowa eine Frau zu ihrem täglichen Spaziergang an einen Ort namens Roseman Bridge aufmachte, ließ er die Fotos von Francesca Johnson an diesem Tag aus seiner Hand ins Feuer gleiten.

SCHLUSSBEMERKUNGEN

Und so beschließen wir ein Buch, in dem alles ein Ende nimmt. Wie ich bereits in *Die Brücken am Fluss* erzählt habe, starb Francesca Johnson im Januar 1989. Ihre Asche wurde bei der *Roseman Bridge* verstreut, am gleichen Ort, an dem acht Jahre zuvor auch die Asche von Robert Kincaid verstreut worden war. Nachdem sie Carolyn 1981 bei der Geburt ihres zweiten Kindes beigestanden hatte, rief sie in der Tierklinik in Bellingham, Washington, an. Dort teilte man ihr mit, dass Robert Kincaid schon längere Zeit nicht mehr mit seinem Hund dort gewesen war und vermutlich die Klinik gewechselt habe. In der Bibliothek von Des Moines schrieb sie sich aus einem Telefonbuch die Nummern sämtlicher Tierkliniken in der Gegend um Seattle heraus. Eine von ihnen hatte tatsächlich die aktuelle Adresse eines Robert Kincaid, allerdings keine Telefonnummer. Wie man ihr mitteilte, war Mr. Kincaid Besitzer eines Golden Retrievers.

Als Francesca die Vorbereitungen für eine Reise

nach Seattle traf, fuhr ein Lieferwagen von UPS vor, und man übergab ihr ein Paket. In dem Paket befand sich der Brief eines Anwalts aus Seattle, der mit den Worten begann: »In unserer Eigenschaft als Testamentvollstrecker des kürzlich verschiedenen Robert L. Kincaid ...«

In dem Paket befanden sich außerdem Kincaids Kameras, ein silbernes Armkettchen und ein Brief, den er 1978 an Francesca geschrieben und den er letztendlich doch nicht mehr neu verfasst hatte, um ihr von Carlisle McMillan zu berichten. So hinterließ Robert Kincaid am Ende doch keinen völlig sauber gefegten Fußboden, sondern sorgte aus seinen ganz persönlichen Gründen dafür, dass einige seiner Hinterlassenschaften in der Obhut von Francesca Johnson landeten.

Was Carlisle McMillan angeht, so ist die Geschichte über seine Verwicklung in den so genannten »Yerkes County War« und über eine Frau, die ihn von einem Jungen in einen richtigen Mann verwandelt hatte, ebenfalls erzählenswert. Vielleicht setze ich mich bald daran und schreibe sie auf.

Nighthawk Cummings wird demnächst fünfundachtzig und lebt in einem Apartment in Tacoma. Seit er auf Grund eines verklemmten Wirbels einen tauben Arm hat, tritt er nicht mehr auf, doch hin und wieder holt er sein Saxofon hervor, meistens in der Abenddämmerung, spielt »Autumn Leaves« und grübelt dabei und denkt an seinen guten Freund Robert Kincaid. Nighthawk kannte zwar Kincaids Geschichte über eine Frau namens Francesca, doch sein Freund hatte ihm weder ihren Nachnamen genannt noch verraten, woher sie kam. In Nighthawks Apartment hängt ein signiertes Foto von Kincaid an der Wand. Es zeigt eine überdachte Brücke, und aus Gründen, die er selber nicht genau kennt, fühlt er sich stark zu dem Foto hingezogen und betrachtet es meistens, wenn er Saxofon spielt.

Highway, der Golden Retriever, wurde von Nighthawks Neffen aufgenommen und lebte nach Kincaids Tod noch vier Jahre. Und Harry, der Chevrolet-Pickup, Baujahr vierundfünfzig? Das war eines der letzten Details, die ich herausfinden musste. Schließlich schien mir Harry während meiner gesamten Recherchen genauso lebendig wie Francesca, Highway, Robert Kincaid und jeder andere. Schließlich habe ich ihn tatsächlich ausfindig gemacht. Er wurde liebevoll restauriert und ist jetzt in South Dakota zu Hause. Carlisle McMillan war so freundlich, mich mit Harry in der Nähe eines Ortes namens Wolf Butte eine Runde auf einer Landstraße drehen zu lassen. Als ich durch die Windschutzscheibe blickte und die Straße entlangholperte, konnte ich mir mühelos die endlosen, oft grandiosen Meilen vorstellen, die Robert Kincaid und Harry gemeinsam zurückgelegt hatten und was sie auf der Jagd nach dem guten Licht alles gesehen hatten. Carlisle schlug mir vor, doch auch einen Blick ins Handschuhfach zu werfen. Ganz hinten in der rissigen Verkleidung des Fachs steckt eine zerknitterte Visitenkarte. Auf der Karte stehen folgende

Worte: *Robert Kincaid, Fotograf & Autor.* Ach, und bevor ich's vergesse, noch eine letzte Information: Im Handschuhfach liegt, eingewickelt in einen Stofffetzen, ein einzelner, unbenutzter Kodachrome II 25-ISO-Film.

Und nun, liebe Leser, lasse ich euch mit diesen Zeilen zurück, einer Momentaufnahme meines Lebens und meiner Reisen:

> Ein Bach von irgendwo aus den Küstenbergen
> fließt schnell hierher,
> über vulkanischen Sand,
> der dem Wasser eine bläuliche, fast lavendel-
>   artige Farbe verleiht.
> Weiter unten am Strand
> habe ich vor einer Stunde
> einen Seeelefanten gesehen,
> Tausende von Pfund schwer.
>
> So war es, an der Küste Kaliforniens,
> im Herbst, als der Sand warm war,
> kniehohe Gummistiefel
> gaben mir Halt
> und die Freiheit, das Wasser zu durchwaten.
> Ich stand im Bach
> und folgte ihm mit meinen Augen
> bis zum Pazifik.
>
> Die Mutter von Carlisle McMillan
> lag einst an diesem Strand

mit einem Mann namens
Robert Kincaid,
einem anderen Fotojäger,
der dem Licht folgte,
weil das Licht
auf der Straße zu finden ist.

Das war 1945.
Er hatte den Krieg überlebt
und fuhr anschließend mit einem Motorrad
durch diese Gegend.
Sie hatten gerade angefangen, richtig zu leben,
und sie lachten
und tranken Rotwein
am Wasser.
Und dabei entstand
ein Junge namens Carlisle.

Ein blauer Bach,
und ich stellte das Stativ auf,
wiederholte alles, richtete die Nikon aus
und dachte über Robert Kincaid nach
und über Wynn McMillan,
während das Wasser meine Stiefel umspülte
und der erste Morgenwind
durch die Zypressen strich.

Die Kuratorin des Museums,
in dem das Foto schließlich hing,
rief an und fragte,

ob es wirklich Wasser auf blauem Sand sei.
Es sähe nicht aus
wie Wasser auf blauem Sand,
sagte sie.
Ich sagte ihr,
dass ein Vulkan den Sand gefärbt hatte,
vor Hunderten von Jahren,
und dass ich
irgendwann später vorbeigekommen sei …
… ich und Robert Kincaid.

Und ist es nicht ein weiter Weg nach Hause! Ein weiter Weg.

MARLO MORGAN

Schon wenige Stunden nach ihrer Geburt wird die Aborigine Beatrice in die Obhut eines Waisenhauses gegeben. Als Erwachsene macht sie sich auf die Suche nach ihren Wurzeln. Eine Reise zwischen den Welten beginnt, die ihr Leben für immer verändern wird ...

Das bewegende Zeugnis einer Suche nach den eigenen Wurzeln – und eine Geschichte über die mythische Welt der Aborigines.

GOLDMANN

NICHOLAS EVANS

Man nennt ihn den Pferdeflüsterer: Tom Booker, der es wie kein anderer versteht, kranke und verstörte Pferde zu heilen.
Annie hofft, dass er ihrer Tochter Grace und deren Pferd Pilgrim helfen kann, ein schweres Unfalltrauma zu überwinden. Als sie Tom in Montana begegnet, wird auch sie in den Bann des charismatischen Einzelgängers gezogen. Sie erkennt, dass nur die Kraft der Liebe alte Wunden heilen kann ...
»Eine tief bewegende einzigartige Liebesgeschichte!«
Robert Redford

43187

GOLDMANN

GOLDMANN

*Das Gesamtverzeichnis aller lieferbaren Titel erhalten Sie
im Buchhandel oder direkt beim Verlag.
Nähere Informationen über unser Programm erhalten Sie auch im Internet unter:*
www.goldmann-verlag.de

★

Taschenbuch-Bestseller zu Taschenbuchpreisen
– Monat für Monat interessante und fesselnde Titel –

★

Literatur deutschsprachiger und internationaler Autoren

★

Unterhaltung, Kriminalromane, Thriller
und Historische Romane

★

Aktuelle Sachbücher, Ratgeber, Handbücher und
Nachschlagewerke

★

Bücher zu Politik, Gesellschaft, Naturwissenschaft und Umwelt

★

Das Neueste aus den Bereichen
Esoterik, Persönliches Wachstum und Ganzheitliches Heilen

★

Klassiker mit Anmerkungen, Anthologien und Lesebücher

★

Kalender und Popbiographien

★

Die ganze Welt des Taschenbuchs

★

Goldmann Verlag • Neumarkter Str. 18 • 81673 München

Bitte senden Sie mir das neue kostenlose Gesamtverzeichnis

Name: _____

Straße: _____

PLZ / Ort: _____